SIMONE
BUCHHOLZ
Schwedenbitter

SIMONE BUCHHOLZ

Schwedenbitter

EIN HAMBURG-KRIMI

Droemer

Besuchen Sie uns im Internet:
www.droemer.de

FSC
www.fsc.org
MIX
Papier aus verantwortungsvollen Quellen
FSC® C013736

Ein Unternehmen der Droemerschen Verlagsanstalt
Th. Knaur Nachf. GmbH & Co. KG, München

Umschlaggestaltung: ZERO Werbeagentur, München
Umschlagabbildung: © Kai Remmers/buchcover.com; FinePic®, München
Vignette: Corbis / Ocean
Layout und Satz: Michaela Lichtblau
Druck und Bindung: Kösel, Krugzell
Printed in Germany
ISBN 978-3-426-22605-6

2 4 5 3

Für Christopher Riley.

And in this grey, in this blue shade,
my tears dry on their own.

Amy Winehouse

HAMBURG SÜD

☆ ☆ ☆

Das ist kein Anfängerhusten. Alle paar Minuten kommt ein hässlicher alter Hofhund aus meinen Lungen gekrochen, und der rasselt beim Bellen ziemlich übel mit der Kette. Ich sollte im Bett liegen und eine Tasse Tee trinken, statt hier in HSV-Land rumzustehen und zwei alten Rednecks auf ihre zerschmetterten Köpfe zu kucken. Ich halte mir den Unterarm vor den Mund. Da ist er wieder. Der Hustenhund.

»Sie sind krank«, sagt der Calabretta und nimmt mir die Zigarette weg.

»Sie sollten endlich zum Arzt gehen«, sagt der Brückner. Er versucht, sehr streng zu kucken, als er das sagt. Geradezu gescheitelt. Huh, gleich hab ich Angst.

»Sie will das nicht hören«, sagt der Schulle, »und das ist eine Frechheit. Ich hab auch schon die Pest am Hals.«

Er fasst sich an den Kehlkopf und macht Altmännergeräusche.

Jaja, denke ich und huste zu Ende. Es schmeckt ein

bisschen nach Blut. Als der harte Hund meine Stimme wieder freigibt, sage ich: »Ihr könnt euch ja über mich beschweren. Kann ich meine Zigarette wiederhaben?«
»Nein«, faucht der Calabretta. Er geht ins Nebenzimmer, um mit dem neuen Chef der Spurensicherung zu sprechen. Der Hollerieth und sein ewiger Bandscheibenvorfall sind in den heiligen Vorruhestand gegangen. Halleluja. Der Neue heißt Kessler. Talentierter junger Mann, modern und unaufgeregt. Schlanke eins achtzig groß, leicht hakige Nase im ansonsten ebenmäßigen Gesicht, redet nicht viel, aber wenn er was sagt, ist das nie Bullshit. Hätte er nicht so eine ambitionierte Frisur, so ein nach vorne gekämmtes, mit einem Haarstylingprodukt unterstütztes, topfiges Jungsding, für das er dann eigentlich schon wieder zu alt ist, weil so was am liebsten Vierzehnjährige tragen, ich fände ihn richtig super.
Die Wohnung von Walt und Lorraine Tucker ist ein bisschen wie nach Hause kommen. Oder das, was mir bei der Beerdigung meines Vaters mal als Zuhause verkauft werden sollte: Hier sieht es genauso beschissen aus wie bei meiner Tante Grace und meinem Onkel Luke in Bellehaven, North Carolina. Der Holzfußboden ist dunkel lackiert, darauf liegen in wirrer Folge dicke Teppiche in bösen Farben wie Rostrot und Mintgrün. Die Tapeten an den Wänden sind vergilbt und waren vielleicht mal weiß oder gelb. Die Decke ist mit haselnussbraunen Holzkassetten verbaut. In der Mitte des Zimmers, genau vor dem riesigen Plasmabildschirm, steht ein geblümtes Sofa.

Große Blumen. Sehr viele Pastellfarben. In der Ecke rechts vom Fernseher: ein alter brauner Waffenschrank, die Tür steht offen. Der Schrank ist mit einer Südstaatenflagge ausgeschlagen.
»Darf man das?«, frage ich.
»Was«, sagt der Brückner, »eine Rechtsaußenfahne haben?«
»Seine Knarren in so einem ollen Schrank aufbewahren«, sage ich.
»Ich würde beides verbieten«, sagt der Brückner.
Links vom Fernseher wackelt ein Teewagen unter den Schritten der Kollegen. Der Teewagen musste bei den Tuckers als Bar herhalten, es stehen fünf schwere Kristallkaraffen darauf, alle eher halbleer als halbvoll. Ich tippe auf Bourbon.
Außer nach Blut riecht es insgesamt sehr stark nach Alkohol, nach altem Staub und nach Frittenfett von vorgestern.
Ich gehe einmal um das Sofa herum, damit ich mir die Tuckers in Ruhe anschauen kann. Von hier hinten kann ich nur sehen, dass die Kopfschüsse ziemliche Austrittswunden hinterlassen haben, machen wir uns nichts vor: Hackfleisch. Der Holzboden knarzt unter meinen Füßen.
»Hoppla«, sage ich, als ich die zerschlagenen Gesichter der alten Leute sehe, »da hätte man aber gar nicht mehr unbedingt schießen müssen.«
»Und dann auch noch mit einem offenbar ganz schön fetten Kaliber«, sagt der Schulle. »Hat was von Gewaltexzess, oder?«

Ich muss husten. Der Schulle kuckt mich an, schüttelt den Kopf und geht dem Brückner hinterher, der sich auf den Weg durch die Wohnung gemacht hat. Der Calabretta steht mit den KTU-Leuten um den Schreibtisch im Arbeitszimmer rum. Da gibt's wahrscheinlich die Munition zum Waffenschrank.

Ich bleibe noch ein bisschen vor dem toten Ehepaar stehen. Das sieht nicht gut aus. Die matschigen Gesichter, das ganze Blut. Und auch sonst so. Zwei verdrehte alte Amis halt. Lorraines Klamotten – und soweit man das noch beurteilen kann, auch ihre Frisur – erinnern schlimm an die Miss-Ellie-Phase von Donna Reed. Alles ist irgendwie aufgetürmt und gerüscht und gepufft. Ihr Kleid oder Kittel oder Nachthemd ist apricotfarben. Ihre Pantoffeln sind aus weißem Plüsch. Und auch wenn sie tot ist, wirkt sie, als würde sie gleich aufspringen, weil sie vergessen hat, Kekse anzubieten.

Der zermatschte Walt wirkt nicht so. Walts Leiche sieht aggressiv aus, als wolle sie immer noch jedem und allem eine verpassen, und dann wächst da aber kein Gras mehr, Mann. Sein kariertes Hemd spannt über breiten Fast-Food-Hüften und einem mächtigen Brustkorb. Er trägt keine Hosen, sondern Shorts. Im November. Aus den Shorts kucken dicke, haarige Beine hervor. Lorraine musste sich das Tag für Tag anschauen.

So ätzend ich die Tuckers vermutlich gefunden hätte, irgendwie rühren die mich. Ich sehe sie an, und etwas auf dem Fußboden meines Herzens fängt an zu rascheln.

»Chef?«
Der Calabretta. Ich räuspere mich und muss husten.
»Was machen Sie da?«, fragt er.
Ich kucke, denke ich. Und ich frage mich wieder mal, was wohl aus mir geworden wäre, wenn mein Vater nicht mit mir in Deutschland geblieben wäre. Wenn wir zusammen in North Carolina gelebt hätten. Wenn ich wirklich Amerikanerin wäre. Südstaatenamerikanerin. Wenn ich ein Land hätte. Wenn da mehr wäre als nur mein Name.
»Nichts«, sage ich und räuspere mich, »gar nichts.«
Ich warte, bis alle sich wieder mit was auch immer beschäftigen. Dann mache ich einen polnischen Abgang und verschwinde im Treppenhaus. Es ist ein hartes Treppenhaus. Furchtbar schmutzig. Die Holzstufen sind abgewetzt und teilweise so abgetreten, dass ich immer wieder abrutsche und den Weg nach unten fast auf der Nase mache. Es ärgert mich, wenn Dinge so verrotten. Wenn Menschen Häuser einfach kaputtgehen lassen. Alte Häuser haben eine Seele. Um die muss man sich doch kümmern. Hier hat sich niemand gekümmert, seit Jahren nicht. Die Tuckers waren die letzten Mieter in der ganzen Bude, und die eine von den beiden Erdgeschosswohnungen hat nicht mal mehr eine Tür. Da hängt ein Sack, der von innen an den Türrahmen genagelt worden ist. Ich schiebe den Sack zur Seite und gehe rein. Keiner da. Aber wenn es dunkel wird, sind hier wohl eine Menge Leute, die das Loch als Zuhause benutzen. In fast jeder Ecke jeden Zimmers liegt ein ranziger Schlafsack oder eine alte Decke oder

eine fleckige Matratze. Manche von den Fenstern sind noch ganz, manche nicht. Die sind dann einfach weg, da ist nicht mal eine Plastiktüte oder so was vorgeklebt. Der Calabretta hat gesagt, er glaubt, dass es auch einer von den Leuten hier gewesen sein muss, der die Tuckers entdeckt und die Polizei angerufen hat, anonym natürlich. Er geht davon aus, dass wir von denen keinen finden, dass die hier nie wieder aufkreuzen werden. Wenn irgendwo gestorben wurde, halten sich Menschen ohne Wohnung da nicht mehr gerne auf.
Ich bleibe noch eine Minute in einem der ehemaligen Zimmer stehen. An einer Wand hängt ein Bild. Windjammer vor heruntergerissener Tapete.
Niemand kümmert sich. Niemand.

☆

Der Himmel hat dieses spezielle, etwas dunkle Herbstblau, das den Winter ankündigt. Das kommt von den Wolken. Die sind schwerer als im Frühling und im Sommer, die haben eine andere Qualität. Mehr Gewicht, mehr Bumms in den Backen. Sie sind eher beige als weiß, und das wirkt sich natürlich auf den Himmel aus. Und auch, wenn die Sonne da ist, hat sie die Dunkelheit immer schon im Gepäck. Der Hamburger Novemberhimmel ist ein aufdringliches Ding in Moll, ein sentimentales, dramatisches Gebilde, aber das darf man nicht so ernst nehmen. Tut der Himmel ja selber nicht.

Ich laufe zum S-Bahnhof Wilhelmsburg und nehme mir da ein Taxi. Wichtig, wenn man eh schon angeschlagen ist: niemals den öffentlichen Nahverkehr nutzen, schon gar nicht die Linie S 3, schon gar nicht südlich der Elbe, denn danach steht man ganz sicher nicht mehr auf.

☆

Tagsüber zu Hause zu sein ist dermaßen nichts für mich. Ich tu mich ja sowieso schon schwer mit zu Hause sein. Und dann auch noch tagsüber. Und dann auch noch im Bett liegen. Noch fünf Minuten, und ich werde depressiv. Ich rufe den Calabretta an.

»Sie liegen hoffentlich im Bett und rühren sich nicht«, sagt er.

»Ja«, sage ich. »Es ist schrecklich.«

»Genau richtig«, sagt der Calabretta. »Und Finger weg von den Kippen. Sie bringen sich noch um, Chef.«

»Ist doch nur eine alte Bronchitis«, sage ich und huste in meine Armbeuge.

»Auf dem Weg zur Lungenentzündung«, sagt der Calabretta.

Auf dem Weg in die Hölle, denke ich und zünde mir eine Zigarette an.

»Wir haben erste Ergebnisse aus der Pathologie«, sagt er. »Die Tuckers waren schon so gut wie tot, als sie erschossen wurden. Schwere Schädelverletzungen.«

»So sah das ja auch aus«, sage ich.
»Da wollte jemand auf Nummer obersicher gehen«, sagt er.
»Sonst noch was?«
»Tatzeit muss zwischen einundzwanzig und dreiundzwanzig Uhr gewesen sein«, sagt er. »Und wir haben ein bisschen DNA. Hautpartikel unter Walts Fingernägeln, die nicht ihm gehören. Er hat offensichtlich noch Zeit gehabt, sich zu wehren.«
»Haben Sie mit Betty Kirschtein gesprochen?«, frage ich.
»Ich musste mit ihrem Assistenten vorliebnehmen. Unsere Chefpathologin redet nicht mehr mit mir«, sagt er.
»Seit wann das denn?«
»Seit ungefähr vier Wochen. Ich hab's tatsächlich geschafft, dass sie mit mir ausgeht. Aber dann hab ich's verbockt. Und jetzt ist sie sauer.«
»Was haben Sie denn verbockt?«, frage ich.
»Ach«, sagt er. »Ich hab's halt verbockt.«
Pause. Dann: »Bin einfach aus der Übung.«
Der Calabretta wünscht sich nichts sehnlicher als eine Frau und eine Familie, das hat er oft durchblicken lassen. Und von nichts auf der Welt ist er so weit entfernt. Er kriegt das irgendwie nicht gebacken. Erstens ist er sehr geschickt darin, sich dermaßen mit Arbeit zuzudröhnen, dass er auf keinen Fall die Zeit findet, sich mal ein bisschen an eine Frau ranzuwanzen. Zweitens wird er immer im entscheidenden Moment stockfischig, wenn er eine Frau wirklich gut findet. Hat er mir mal erzählt. Er wird dann wohl richtig un-

höflich. Benimmt sich wie ein struppiger Hund auf Pinkeltour. Dann, wenn die Frauen es geschmeidig wollen. Klingt für mich ja nach Angst vor Nähe. Sagt aber natürlich auch genau die Richtige.

»Und was gibt's Neues aus der Ballistik?«, frage ich. Ich will ihn auf andere Gedanken bringen. Mir tut's leid, dass ich Betty erwähnt habe. »Das hübsche Schießeisen, das neben den beiden auf der Couch lag, war das die Tatwaffe?«

»Yup«, sagt der Calabretta. »Ein alter Smith & Wesson-Revolver aus Walt Tuckers Waffenschrank. Kaliber .38 Special.«

»Schönes Ding«, sage ich.

»Klassische Liebhaberwumme«, sagt er. »Richtet auch immer ordentlich was an.«

»Soll uns das was sagen?«, frage ich.

»Na ja«, sagt der Calabretta, »mit der eigenen Pistole zu schießen und die dann auch wieder mitzunehmen wäre irgendwie diskreter gewesen. Aber deshalb muss ja nicht gleich eine Botschaft dahinterstecken. Wir treffen uns morgen Nachmittag im Präsidium zur ersten Besprechung. Meine Jungs zerpflücken gerade den Tuckerschen Hintergrund. Wenn Sie möchten, können Sie ja dazukommen.«

Natürlich möchte ich.

»Wieso sind Sie vorhin eigentlich so schnell verschwunden?«, fragt er.

Ich lege auf, weil ich husten muss.

☆

Die Musik ist traurig, und sie ist spöttisch, und sie geht mir sofort ans Herz. Ich kenne die Melodie nicht, aber es ist, als hätte ich sie schon mein ganzes Leben lang gehört. Eine sehr verdrehte Balkanmusik, die ein bisschen klingt wie die Essenz von Musik. Die ursprüngliche Idee. Als wäre es genau so gemeint gewesen. Ich gehe zum Fenster. Die Musik wird immer lauter. Ich mache das Fenster auf und kucke runter auf die Straße, und da sind sie: zwei heruntergekommene Typen, der eine hat eine Trompete, der andere ein Schifferklavier. Sie schlingern unsere Straße entlang, ich glaube, die sind angetrunken, wenn nicht sogar völlig besoffen. Ihre Teufelsmusik geht mir so nah, ich fang gleich an zu heulen. Sie torkeln bis zum Ende der Straße, die Musik wird nur langsam leiser. Ganz dahinten, bevor sie links abbiegen, bleiben sie stehen, hören kurz auf zu spielen und rufen was in die Dämmerung. Natürlich verstehe ich die Sprache nicht, niemand hier kann das verstehen. Aber ich glaube, sie erwarten auch von niemandem eine Antwort. Dann spielen sie weiter, ein neues Lied, aber es klingt mir genauso vertraut wie das erste.
In Frankfurt, als ich studiert habe, gab es eine alte Frau in unserem Haus, die sah aus wie eine Zigeunerin aus einem Märchen. Die hat mir genauso zugesetzt. Ich hätte jedes Mal heulen können, wenn ich die auch nur von weitem gesehen hab. Habe mich immer gefragt, was das soll, hab's aber nie begriffen. Mit dem Balkan hab ich ja nun wirklich gar nichts zu tun. Aber so was gibt's halt.

Die beiden sind schon lange nicht mehr zu sehen, da kleben ihre Melodien immer noch in unserer Straße. An den Wänden, an den Fenstern, in meinem Gehirn. Würde ich tanzen, würde ich jetzt tanzen.
Ich kriege einen höllischen Hustenanfall.

☆

Klatsche steht in meinem Türrahmen und legt mir die Hand auf die Stirn. »Sag mal, soll ich dich vielleicht ins Krankenhaus bringen? Du hast doch Fieber.«
»Nein«, sage ich, »Blödsinn.«
»Du siehst aber echt schlimm aus.«
»Danke, sehr freundlich.«
»So war das nicht gemeint.«
»Schon okay. Komm rein, du Ganove.«
»Ex-Ganove, bitte. So viel Zeit muss sein.«
Er entert mit großen Schritten meinen Flur, biegt ins Schlafzimmer ein, schmeißt sich aufs Bett und sagt: »Komm her, Baby. Du solltest dich wirklich hinlegen.«
Ich habe nicht die Kraft, ihm zu erklären, dass er mich nicht *Baby* nennen soll, überhaupt habe ich nicht die Kraft für irgendwas, ich bin ein denkbar gutes Opfer für einen strammen Mittzwanziger, also lasse ich mich auch einfach aufs Bett fallen und warte, was kommt. Klatsche möchte wahrscheinlich ein bisschen rumkaspern, das sehe ich an seinem Blick. An seinen blitzenden Augen. An dem gespannten Zug um den Mund.

Er liegt neben mir, auf den rechten Ellbogen gestützt, und grinst mich an. Ich glaube, der will doch nicht rumkaspern. Der will mich provozieren.
»Was?«, frage ich.
»Baby, ich werde wahrscheinlich umsatteln«, sagt er.
»Wie, umsatteln?«, frage ich. »Bin ich dir zu alt?«
»Blödsinn. Ich will doch nicht mein bestes Pferd wechseln.« Er gibt mir einen Kuss auf die Stirn, dreht sich auf den Rücken, zündet sich eine Zigarette an, kuckt an die Decke und sagt: »Ich denke darüber nach, in die Gastronomie einzusteigen.«
Dann schaut er mich triumphierend an.
Ich ziehe eine Augenbraue hoch.
»Nicht gut?«, fragt er.
»Ich weiß nicht«, sage ich. »Wo willst du denn einsteigen?«
»Pass auf«, sagt er und stützt sich wieder auf den Ellbogen, »Ali geht in Rente.«
»Welcher Ali?«
»Ali, der dicke Türke, dem die *Blaue Nacht* gehört«, sagt er, »der Typ, der damals den kleinen Heiner Matzen versteckt hat, weißt du noch?«
Ich nicke. Ali. Ich weiß noch. Und ich weiß auch noch, dass Ali nicht nur Gastronom ist. Ali hat seine Finger ganz tief im Kiez stecken.
»Also«, sagt Klatsche, »Ali hat Rocco und mich gefragt, ob wir seinen Laden übernehmen wollen.« Er setzt sich auf und macht einen auf ganz wichtig. »Ich meine, der große Ali fragt uns kleine Checker, ob wir sein Erbe antreten wollen. Das ist 'n Hammer!«

Totaler Hammer. Der ehemalige Einbrecherkönig Klatsche und sein Knastkumpel Rocco Malutki machen zusammen eine Kneipe im Rotlichtviertel auf.
»Jetzt sag schon!«, sagt er.
»Totaler Hammer«, sage ich und muss husten.
»Ja«, sagt er, »Riesenkompliment von Ali, oder? Da kann man doch nicht nein sagen.«
Er kuckt mich an.
»Hörst du irgendwann eigentlich auch mal wieder auf zu husten?«
Ich schüttele den Kopf und huste weiter. Als es wieder still ist, streichelt er mir übers Haar und fragt:
»Und? Was gibt's bei dir Neues? Außer deiner Schwindsucht, meine ich.«
»Zwei tote alte Amerikaner in Hamburg Süd«, sage ich.
»Aha«, sagt er. »Da ist meins jetzt aber aufregender, oder?«
Ich hab den Jungen ja echt gern, doch manchmal könnte ich ihm den Arsch versohlen.

FALLER RELOADED

☆ ☆ ☆

Der Taxifahrer setzt mich am S-Bahnhof Wilhelmsburg ab. Ich finde, der Hamburger Süden ist eine verdammt undurchsichtige Gegend. Angeblich ja der heiße Scheiß. Der nächste Szenestadtteil. Der Sprung über die Elbe. Wilhelmsburg, die neue Mitte Hamburgs. Hamburg, wachsende Stadt. So ein Blödsinn, echt. Jedes Mal, wenn ich hier bin, sehe ich nichts von alldem. Ich sehe eine Mischung aus Ghetto und niedlicher Natur, aber das ergibt kein Bild, denn Ghetto und niedliche Natur stehen sich naturgemäß im Weg. Da sind abgefuckte Wohnblöcke, triste Kneipen, graue Straßen. Und direkt nebenan wachsen Birken und Weiden und Rosenstöcke, manchmal ist da auch ein kleiner Kanal oder ein Weiher. Es gibt sogar alte Bauernhöfe, ein bisschen weiter weg von den S-Bahn-Schienen. Ich verstehe die Idee: Das könnte schön sein hier. Aber es funktioniert nicht. Das Problem sind die Probleme. Die Tristesse. Hier weht nicht der Geist von Aufbruch durch die Luft. Hier gammelt die Perspektivlosigkeit. Das ist eine No-Hope-Ecke. Den Leuten hier geht's nicht gut. Wer kann, haut ab. Und nur, wer sich was anderes nicht oder nicht mehr leisten kann, kommt hierher. Die Menschen sehen einfach nicht so aus, als wären sie freiwillig hier, als würden sie gerne hier leben.

Kann man natürlich trotzdem versuchen, so was als aufregenden neuen Stadtteil zu verkaufen. Irgendwer wird schon dran verdienen.

Ich kann das Haus, in dem die Tuckers gelebt haben, schon von weitem sehen. Vier Stockwerke Jugendstil, hellblau gestrichen. Abgeblätterte, früher mal weißlackierte schmiedeeiserne Balkone, der Stuck bröckelt. Das Haus steht auf der anderen Seite der S-Bahn-Schienen, abseits von den schmuddeligen Häuserblocks mit ihren traurigen kleinen Läden im Erdgeschoss. Ich muss nur an der Verlorenen-Seelen-Kneipe *Zum alten Bahnhof* vorbei und über eine pragmatische, ziemlich zugige Brücke laufen, zack, bin ich auch schon im Grünen und direkt vorm Tucker-Haus. Die Straße sieht aus, als würde sie direkt ins Alte Land mit seinen Apfelbäumen und Deichen führen. Aber wenn man genauer hinschaut, sieht man, dass sie am Ende des Industriegebiets nur auf der Schnellstraße endet.

Die Haustür hat kein Schloss mehr und ist so gut wie aus den Angeln gehoben, sie schwingt sofort auf, als ich leicht dagegentrete. Es ist heute dunkler im Haus als gestern. Kein Licht mehr von draußen. Das Licht versteckt sich hinter dickem Nebel. Ich bemerke den

Faller erst, als wir uns auf der morschen Treppe in die Arme stolpern. Was macht der denn hier?
»Was machen Sie denn hier?«
Er zieht seinen Hut tiefer ins Gesicht, kuckt an mir vorbei, kuckt mich wieder an und sagt: »Äh …«
Der überlegt tatsächlich, ob er mich anlügen soll.
»Faller …«, sage ich.
»Schon gut«, sagt er und steckt die Hände in die Manteltaschen. »Ich bin beruflich hier.«
Der alte Schnüffler. Ich hätte nicht gedacht, dass er ernst macht mit seiner Detektei.
Ich zünde zwei Zigaretten an und gebe ihm eine.
»Ihr erster Job?«, frage ich.
»Nein«, sagt er. »Der dritte.«
»Wer hat Sie denn da jetzt so schnell rangesetzt? Die Tuckers sind ja noch nicht mal richtig kalt.«
»Amy Tucker«, sagt er. »Die Nichte der beiden. Ihr Vater Keith war Walts Bruder.«
»Und Miss Tucker traut uns nicht zu, dass wir das hier alleine hinkriegen?«
»Das geht mich nichts an«, sagt der Faller und zieht an seiner Zigarette.
Ich muss husten.
»Hört sich ja grauenvoll an«, sagt er.
»Halb so schlimm«, sage ich und ziehe schnell an meiner Kippe, damit der Blutgeschmack weggeht.
»Sind Sie auf dem Weg in die Tucker-Wohnung?«, fragt er.
»Nein«, sage ich, »ich wollte hier gerade einen Gebrauchtwagen kaufen.«

Blöde Frage, Faller.
»Nehmen Sie mich mit rein?«
Diesen Blick, gleichzeitig souverän und unbekümmert, kann nur der Faller.
»Hätten Sie früher einen Schnüffler mit in eine versiegelte Wohnung genommen?«, frage ich.
»Niemals«, sagt er. Streng.
»Okay«, sage ich, »kommen Sie mit.«
Wir hangeln uns vorsichtig in den zweiten Stock. Ich frage mich, wie die alten Leutchen dieses Monster von Treppenhaus bewältigen konnten. Hinter mir kracht es. Dann knallt es. Der Faller stöhnt.
»Verdammte Hacke«, sagt er, rappelt sich auf und klopft sich den Staub vom Knie. Eine der Holzstufen ist unter seinem Tritt zur Hälfte abgebrochen.
»Wenn die Tuckers schlau waren, sind sie immer schön in ihrer Wohnung geblieben«, sagt er.
»Und wenn«, sage ich. »Hätte ihnen am Ende ja auch nicht geholfen. Sind Sie okay, Faller?«
»Jaja, geht schon.«
Er klopft sich noch mal beide Hosenbeine ab, während ich mit meinem Schlüssel das Siegel an der Wohnungstür von Walt und Lorraine Tucker aufschlitze.
Der Blutgeruch ist schon fast raus aus der Wohnung. Und auch sonst riecht es hier inzwischen mehr nach Herbstnebel als nach Menschen. Muss wohl jemand von den Kollegen das Fenster aufgemacht haben. Ich wusste gar nicht, dass von denen einer hausfrauliche Fähigkeiten hat.
Der Faller und ich stehen relativ dumm im Flur rum.

Es ist wirklich duster, aber ich will kein Licht anmachen. Das wäre mir schon zu offiziell. Wir sind ja eigentlich gar nicht zusammen hier.

»Faller«, sage ich, »wir sind in unterschiedlichen Zimmern unterwegs, okay?«

Der Faller knurrt und zieht Handschuhe an. Der alte Profi. Ich hab natürlich keine dabei.

»Haben Sie für mich auch welche?«

Er gibt mir ein Paar Einweg-Handschuhe und grinst in seinen Mantelkragen. Ich grinse zurück, muss ein bisschen husten und setze mich erst mal in die Küche. Die Küche der Tuckers hat überhaupt nichts Amerikanisches. Sie sieht aus wie die Küche einer Omi aus Wandsbek. Tischchen, kleine Spitzengardinen, Hängeschrank, Elektroherd, ein wackeliges Spülbecken, Baumellampe gehäkelt. Außer einer ziemlich beeindruckenden Toast-and-Grill-and-Schieß-mich-tot-Maschine deutet nichts auf die Vereinigten Staaten hin. Ich ziehe die Schublade des Tischchens auf. Ein paar Obstmesser, Gummibänder, eine Bastelschere, eine Garnrolle. Eine Postkarte. Vorne drauf, verblichen: das Weiße Haus, in die Ecken sind Hibiskusblüten montiert. Die Karte sieht aus, wie Karten in den frühen Achtzigern eben aussahen. Billig und pompös und auf eine blöde Art immer nach Hawaii. Hintendrauf steht: *My dear Lorraine! Look how close I am to the President … kissing you: Louise.* Ich stecke die Karte in meine Manteltasche und gehe über den klebrigen Küchenfußboden und durch den dunklen Flur und weiter ins Schlafzimmer. Der Faller steht mit dem Rücken zu mir im Wohnzimmer. Er sieht sich die blutige Couch an, auf der Walt und Lorraine gestorben sind. Ich weiß, dass er sich das nicht gerne ankuckt. Ich weiß aber auch, dass der Herr Kommissar in Rente nicht so einfach Rentner sein kann. Könnte ich ja genauso wenig. Aber muss er denn unbedingt weiter Mörder suchen? Kann man als Schnüffler nicht einfach ein paar untreue Ehefrauen beschatten?

»Könnten Sie nicht einfach ein paar untreue Ehefrauen beschatten?«

Der Faller dreht sich zu mir um und sieht mir in die Augen. Er sagt nichts, legt aber die Stirn in Falten. Dann wendet er sich wieder der Couch zu.

Okay. Kann er nicht. War ja auch nur eine Idee.

Ich ziehe mich zum Husten ins Schlafzimmer zurück, das mein persönlicher Alptraum von einem Schlafzimmer ist. Komplett in Rosa gehalten. Blümchenrosa, Schweinchenrosa, zartes Pink. Und überall Plüsch und Volants, ich weiß gar nicht, wo ich hinkucken soll. Ich ziehe die Schubladen der puderfarbenen Kommode auf. Büstenhalter. Hüfthalter. Nylonstrumpfhosen. In Rosa und hautfarben. Seife aus den sechziger Jahren. In Rosa, Lila, Apricot. Zwei Zweitfrisuren. Eine blonde für Lorraine, eine rötlich braune für Walt, außer Haus trugen beide offensichtlich hin und wieder etwas dicker auf. Ganz unten finde ich ein in weißes Seidenpapier eingeschlagenes Fotoalbum. Die Tucker-Hochzeit. Die junge Lorraine hat was Schwüles, Saftiges in ihrem puffigen Sahnetortenkleid. Gar nicht mal so übel. Ein republikanisches Pin-up. Walt sieht aus wie ein leicht dicklicher und unemotionaler Burt Lancaster, aber es geht eigentlich. Nur die Hose seines Hochzeitsanzugs ist den entscheidenden Tick zu kurz und macht ihn unwiderruflich zur Lachnummer. Auf einem großen Familienfoto sind sie zu neunt: in der Mitte Walt und Lorraine, links von Walt stehen vermutlich seine Eltern und sein Bruder mit Frau, rechts von Lorraine ihre Eltern. Das neben Lorraines Eltern könnte ihre Schwester sein, vielleicht die Louise von der Postkarte. Aber irgendwie ist die Ähnlichkeit nicht so eindeutig wie bei Walt und seiner Verwandtschaft. Über dem Bild steht in blasser Schrift: *On a beautiful summer day in 1967 …* Ich klappe das Album zu und packe es zurück in die Kommode.

»Faller?«

»Küche«, sagt er.

Sehr gut. Ich hatte für einen Moment das Gefühl, hier alleine zu sein, und das war kein schönes Gefühl. Ich gebe so was ja nicht gerne zu, aber ich glaube, diese Wohnung hier könnte mich schnell das Fürchten lehren. Irgendwas ist da. Es fühlt sich an, als wäre es auch vor dem Mord schon eine ganze Weile ziemlich schlimm gewesen. Keine Liebe in der Bude. Nicht mal Gleichgültigkeit, wie sonst bei alten Paaren oft. Es ist eher, als hätten Walt und seine Frau sich herzhaft gehasst. Sich im Laufe der Zeit hassen gelernt, wegen einer Sache. Ja. So kommt mir das hier vor. Manchmal hab ich das: eine tiefe, unheimliche Ahnung von dem,

was geschehen sein könnte. Ich weiß nicht, wo das herkommt, warum ich das habe. Vielleicht passiert so was mit Menschen, die viel alleine sind. Die früh gelernt haben, Stille zu interpretieren, in all ihren Schattierungen. Die Stille erzählt jede Menge, ich weiß das, ich hab ihr oft genug zugehört.
Vielleicht kommt mir das aber auch alles nur so beklemmend vor, weil wir hier in einer Totenwohnung sind. Ich bin ja so selten in Totenwohnungen. Meine Leichen liegen meistens irgendwo am Wasser oder auf der Straße herum. Ich gehe zum Faller in die Küche, auf dem Weg kriege ich einen sauberen Hustenanfall. Der Faller kuckt aus dem Fenster.
»Waren Sie schon beim Arzt?«, fragt er.
»Waren *Sie* schon beim Arzt?«, frage ich.
»Ja«, sagt er, »letzte Woche. Und bis auf meinen beschissenen Cholesterinwert ist alles in Ordnung. Zumindest hab ich keine offene Tuberkulose am Hacken.«
»Es ist nur ein alter Husten«, sage ich.
»Haben Sie in letzter Zeit mal in den Spiegel geschaut, Chas? Sie sehen aus wie ein verdammtes Gespenst.«
Dafür muss ich nicht in den Spiegel schauen. Das weiß ich auch so. Ich fühle mich, als wäre ich notdürftig aus Butterbrotpapier zusammengebastelt. Ein schlechtes Staatsanwältinnen-Origami. Der Faller kuckt wieder aus dem Fenster. Nebel. Strommasten. Eisenbahnschienen. Ganz dahinten, nordöstlich von hier, im düsteren Novemberdunst, der Hafen. Die Kräne kann ich sogar von hier sehen. Gleich oben am Himmel

krächzen ein paar Möwen. Je kälter es wird, desto mehr entfernen sie sich vom Wasser und machen sich auf in die Wohngebiete. Je näher der Winter rückt, desto näher kommen sie. Ich glaube, das ist letztlich überhaupt das Einzige, was ich am Winter mag. Die Möwen in den Straßen.
Ich muss noch mal husten, der Faller sagt »Mein Gott, Chastity« und geht an mir vorbei ins Schlafzimmer.
Ich weiß doch auch nicht.

☆

Ich hab die Wohnung wieder versiegelt, der Faller hat mich mit in die Stadt genommen und einen Umweg übers Präsidium gemacht. Ich will wissen, wie weit der Calabretta und die Kollegen sind.
»Wann wollen Sie eigentlich mal damit aufhören, sich in die Polizeiarbeit einzumischen?«, hat der Faller mich noch gefragt. Ich hab gesagt, dass das ja genau der Richtige fragt. Und dass ich damit aufhöre, wann ich will. Und dass die Jungs chronisch überarbeitet sind, seit er in Frührente gegangen ist. Die Stelle ist ja nie wieder neu besetzt worden.
Ich habe zwar gehört, dass sich das demnächst ändern soll, aber das muss der Faller ja erst mal nicht erfahren.
Auf dem Weg zu den Büros der Kollegen haut mich ein Husten aus den Socken. Es hört nicht mehr auf, es

schmeckt nach Blut, mir wird schwindelig. Ich muss mich hinsetzen. Ich muss mich hinlegen. Das Letzte, was ich sehe, ist die grauweiß gestrichene Decke in den sternförmig angeordneten Fluren des Polizeipräsidiums. Dann krieche ich im Dunkeln weiter.

☆

Ich schlage ziemlich zerknittert beim Calabretta auf. Die Besprechung mit der KTU und den Pathologen ist längst vorbei. Ich hab die letzten zwei Stunden auf den Fliesen einer Damentoilette verbracht, da hab ich's gerade noch hingeschafft. Ich sage leise:

»'tschuldigung, Calabretta, ich bin wohl doch krank, ich …«

Ich hab nicht gesehen, dass der Calabretta telefoniert. Er legt die Hand kurz auf den Hörer.

»Chef«, sagt er leise, »wo waren Sie denn?«

»Hatte zu tun«, sage ich und räuspere mich.

Er nimmt mich am Mantelärmel, zieht mich auf den Stuhl neben sich, beendet sein Telefonat und mustert mich. Er weiß, dass irgendwas ist. Er sagt nichts.

»Und?«, frage ich.

»Also, die Spurensicherung sagt, wir suchen nach zwei Tätern. Geprügelt wurde mit Gummiknüppeln, geschossen ja mit Walt Tuckers altem Smith & Wesson-Revolver 38er Special. Tucker war bei der Armee gewesen, in der Nähe von Darmstadt stationiert. Der kommt aus Ihrer Ecke, Chef ... alles okay bei Ihnen? Ich finde, Sie sind sehr blass heute.«

»Ich bin okay«, sage ich, »machen Sie sich mal keine Sorgen. Zigarette?«

Ich halte ihm eine von meinen Luckies hin.

»Nee danke«, sagt er, »ich glaub, ich hör langsam auf mit dem Scheiß.«

Ich ziehe eine Augenbraue hoch, sage aber nichts. Das nervt mich, dass alle Welt mit dem Rauchen aufhören will. Wenn demnächst auch noch der Faller die Kippen wegschmeißt, kann ich mich echt erschießen. Na ja. Kann ich vielleicht sowieso.

»Die Tuckers sind nach dem Abzug der Amerikaner in Deutschland geblieben«, sagt der Calabretta. »Lorraine hatte eine enge Verbindung zu einer merkwürdigen fundamentalistischen Kirchengemeinde in Altona aufgebaut, und Walt hatte die Möglichkeit, hier bei einer Security-Firma anzuheuern, die ihre Leute damals unter den ehemaligen GIs rekrutiert haben. Als die beiden nach Hamburg gekommen sind, hat Walts Firma ihnen die Wohnung in Wilhelmsburg besorgt, und da sind sie dann auch geblieben, die haben hier nie woanders gewohnt. Lorraine ist regelmäßig über die Elbe zu ihren Fundi-Leuten gefahren, Walt hat Industrie und Gewerbe im gesamten Hamburger Süden bewacht. Nebenbei hat er geballert wie blöde, war fast jeden Abend im Schießkeller in seinem Schützenverein.«

Kirche, Objektschutz, Schießübungen.

Mir wird ein bisschen kalt.

»Irgendwie sah das bei denen auch exakt genau so aus, oder?«, frage ich.
Es tut gut, neben dem Calabretta am Schreibtisch zu sitzen. Ich weiß nicht, warum, aber ich fühle mich bei meinem Kripo-Kollegen immer aufgehoben, egal auf was für kaputten Biografien wir gerade rumdenken.
»Ich war heute Morgen noch mal in der Wohnung der Tuckers«, sage ich.
»Wieso das denn?«, fragt der Calabretta.
»Keine Ahnung«, sage ich, »ich wollte da einfach hin. Und ich hab mich ein bisschen in Wilhelmsburg umgeschaut.«
»Wollen Sie da hinziehen?«, fragt der Calabretta und grinst.
Im Leben nicht. Mich kriegen die nicht mit ihrem Stadtteil-Marketing-Scheiß.
»Wollen *Sie* da hinziehen?«, frage ich.
»Mannaggia!«, sagt der Calabretta, und ich habe keine Ahnung, was das heißt, ich glaube, das war neapolitanisch. »Nee, ich bleib mal schön in Altona. Da ist mein Papa vor vierzig Jahren gelandet, da gehör ich hin. Und Wilhelmsburg wäre mir sowieso zu traurig. Da kriegt man ja Depressionen.«
»Ich hab den Faller getroffen«, sage ich.
»Wo?«
»Na, im Tucker-Haus.«
»Porco Dio, was macht der da?«
»Schnüffeln«, sage ich. »Die Nichte der Tuckers hat ihn engagiert.«

»Amy Tucker«, sagt der Calabretta. »Die einzige lebende Verwandte der beiden. Wohnt in Malmö. Die schwedischen Kollegen haben ihr wahrscheinlich gestern Abend gesagt, dass ihr Onkel und ihre Tante gestorben sind. Vielleicht auch erst heute Morgen.«
»Die hatte es offensichtlich ziemlich eilig, uns jemanden an die Fersen zu heften«, sage ich.
»Diese jungen Frauen sind heutzutage immer so ungeduldig«, sagt der Calabretta. Er sinniert kurz ein bisschen. Ich glaube, der meinte jetzt gar nicht das junge Fräulein Tucker. Dann wischt er sich über die Augen und sagt: »Ausgerechnet der Faller.«
»Er ist der Beste«, sage ich und versuche, meinen Husten zu unterdrücken. »Wem gehört eigentlich das Haus? Es geht hier nicht um irgendeine Erbschaftssache, oder?«
»Nein«, sagt der Calabretta. »Amy Tucker kann sich gerne die zerschossene Blumencouch abholen, aber das Haus ist nicht zu vererben. Es gehört seit ein paar Monaten einer Immobilienfirma, vorher war es nach einem Todesfall ohne Erben eine Weile in städtischer Hand.«
Ich muss husten. Der Calabretta kuckt mich an, als wolle er mich auf den Schoß nehmen. Er ist und bleibt einfach ein lupenreiner Spaghetti. Fürsorglich, altmodisch und dauerbesorgt. Gott sei Dank weiß er sich zurückzuhalten.
»Ich wusste gar nicht, dass die Immobilienfirmen jetzt schon anfangen, in Wilhelmsburg alte Häuser zu kaufen. Das lohnt sich doch noch gar nicht richtig, oder?

Die kleinen Mieten südlich der Elbe machen doch keinen Investoren heiß.«
»Sankt Pauli, Altona und die Schanze sind abgegrast«, sagt der Calabretta. »Vielleicht sind die Herrschaften noch ein kleines bisschen früh dran, aber so doof ist das nicht, jetzt schon in Willytown zu kaufen. Die müssen sich doch langsam was Neues suchen zum Millionen scheffeln.«
»Gibt's eigentlich irgendeine heiße Spur?«, frage ich.
»Rote Flora«, sagt der Calabretta.
»Was?«
»Das Autonomenzentrum in der Schanze …«
»Ich weiß, ich weiß«, sage ich. »Aber die bringen doch niemanden um.«
Die Rote Flora ist im Grunde das pittoreskeste Haus im Hamburger Schanzenviertel. Wahrscheinlich das letzte unrenovierte Gebäude, der letzte milchschaumfreie Raum auf dem ganzen kopfsteingepflasterten Schulterblatt.
Früher war die Flora mal ein Theater, ein Kino, ein Tanzsaal. Heute ist da nur noch Theater. Ständig wird von allen Seiten gezetert. Wird die Flora verkauft? Wird sie geräumt? Stürzt sie ein? Geht von ihr eine Gefahr für die Demokratie aus? Was, wenn die sich da wieder mit Nazis prügeln? Oder gar mit der Polizei? Werden dann vielleicht sogar Mülltonnen brennen? Und was ist, wenn mir ein Molotowcocktail auf mein Sushi fällt? Die linksautonome Szene hat das Ding 1989 besetzt und sich da ihr Zentrum eingerichtet. Ein richtiges Zentrum. Ein löchriges, brö-

ckelndes Gerät, das stakst aus der picobello Schanzenhäuserreihe wie ein kaputter Zahn und grinst nach gegenüber zur Schanzenpiazza, auf der all diese flach frisierten, oberschicken Leute aus dem Internet sitzen.

In der Flora setzt irgendwie das Raum-Zeit-Kontinuum aus, da ist gefühlt noch alles genauso wie in den guten alten Randalezeiten der frühen achtziger Jahre. Ständig hängen abgerissene Bettlaken-Transparente von den Wänden runter, mit denen sich an gesellschaftlichen Diskussionen beteiligt wird, von denen die Masse der Bevölkerung überhaupt nicht weiß, dass es sie gibt. Die Flora ist ein richtiger Wallfahrtsort für Linksromantiker.

Ich liebe die Flora genau dafür. Sie widersetzt sich unglaublich tapfer dem alles überrollenden Fashion-Diktat im Schanzenviertel. Ein guter, gefühlvoller Ort. An dem zwar für meine Bedürfnisse bestimmt viel zu viel palavert wird, der aber an Charme, Durchgeknalltheit und Beständigkeit schwer zu überbieten ist im 21. Jahrhundert. Ich bin überzeugt: Die Flora wird noch richtig lange richtig schön nerven und einfach nicht weggehen. So was mag ich.

»Wir haben im Wohnzimmer Quarzsand gefunden und winzige Stückchen von schwarzem Leder«, sagt der Calabretta. »Das kommt mit hoher Wahrscheinlichkeit aus einem geplatzten Quarzsandhandschuh, wie die Autonomen ihn gerne mal tragen, wenn's zur Sache geht. Außerdem rote und weiße Baumwollfasern, die von einem Palästinensertuch stammen kön-

nen. Und hinterm Haus lagen ein paar Anarchy-Aufkleber rum, wie vom Wind verstreut.«
»Das ist doch Blödsinn, Calabretta«, sage ich. »Wer bringt denn jemanden um und lässt dann seine Aufkleber hinterm Haus rumliegen? Und die Flora-Leute, das sind die Guten. Ich weiß das, und Sie wissen das auch.«
»Die Guten, aber reizbar«, sagt der Calabretta. »Wir müssen dem nachgehen, Chef.«
»Aber seien Sie bitte nett«, sage ich.
»Ich bin immer nett.«
Er lächelt mich an, ich lächle zurück, und dann fasst er mir doch schnell mal kurz an den Oberarm und drückt ihn ganz leicht.
»Sonst noch was?«, frage ich.
»Ach ja«, sagt er, »Walt Tucker hätte so oder so nicht mehr lange gelebt. Der Krebs war schon in der Leber angekommen.«
»Irgendwie ist das alles ziemlich trostlos«, sage ich.
»Finden Sie?«
»Finden Sie nicht?«, frage ich.
»Ich glaube, das ist mir egal«, sagt er und lehnt sich zurück. Er lächelt, und ich finde, er lächelt fast selig. Vielleicht hat Betty Kirschtein ihm verziehen, und die beiden treffen sich wieder. Hab ich da etwa was nicht mitgekriegt?
»Haben Sie eigentlich schon mitgekriegt, dass wir ab Montag einen neuen Kollegen haben?«
Äh. Hat das verliebte Lächeln vom Calabretta jetzt was mit dem neuen Kollegen zu tun? Bin ich völlig

falsch gewickelt? Ich versuche, nicht weiter drüber nachzudenken.

»Ich hab gehört, dass jemand kommen soll«, sage ich. »Aber ich hätte jetzt nicht gedacht, dass es so schnell geht.«

»Der wollte unbedingt zu uns, hat wohl richtig Druck gemacht«, sagt der Calabretta.

Er grinst in seinen Dreitagebart. Das sieht jetzt doch ganz anders aus. Der macht sich über irgendwas lustig. Schade. Ich dachte schon, da geht doch noch was mit ihm und der reizenden Betty.

»Was gibt's denn da zu grinsen?«, frage ich.

»Scheint ein krasser Karrieretyp zu sein«, sagt er. »Ein Freund von mir kennt den noch aus der Ausbildung. Bin mal gespannt, wie das bei den Herren Brückner und Schulle ankommt.«

»Bin mal gespannt, wie das bei mir ankommt«, sage ich.

Karrieretypen hab ich ja gefressen.

SANKT PAULI IST SCHULD, DASS WIR SO SIND

☆ ☆ ☆

Carla hat sich die Haare abgeschnitten. Nicht superkurz, so bis zum Kinn. Sie ist schön wie immer, aber ohne ihre Ultramähne sieht sie für mich doch ein bisschen gewöhnungsbedürftig aus. Die braunen Locken wippten früher ihren halben Rücken runter. Jetzt ist da nur die schwarze Strickjacke. Drunter trägt sie ein graues T-Shirt-Kleid und hohe Hacken. Ich hoffe mal, sie zieht sich noch um, bevor wir ins Stadion gehen. Sonst bin ich bald nicht mehr die Einzige auf dem Weg zur Lungenentzündung.

Ich kann gar nicht aufhören, ihr auf die kurzen Haare zu kucken. Das ist das erste Mal, seit wir uns kennen, dass meine Haare länger sind als ihre.

»Findste gut?«, fragt sie, gießt mir heiße Milch auf meinen Kaffee und versucht, eine der vorderen Strähnen vor ihre Augen zu ziehen.

»Früher konntest du damit einen Schnurrbart vortäuschen«, sage ich.

»Einen Vollbart!«, sagt sie.

Richtig, denke ich, so viele Haare waren das. Sie stellt zwei Kaffee und zwei Gläser Wasser auf ein kleines Tablett und bringt es zu den beiden Frauen, die an dem Tisch am Fenster sitzen.

»Bist du traurig, weil sie ab sind?«, fragt sie.

Sie steht wieder neben mir an der Theke.

Sieht irgendwie so aus, denke ich.

»Vielleicht«, sage ich.

»Warum? Sehe ich doof aus?«

»Nein«, sage ich, »du siehst toll aus. Du siehst immer toll aus. Vielleicht ist es auch nur der November. Hattest du das schon länger vor?«

Ich bin ja immer irritiert, wenn Frauen sich die Haare abschneiden. Ich glaube, das macht keine einfach nur so.

»Seit Jahren«, sagt sie und macht große Augen. »Wirklich, ich wollte schon immer mal Federn lassen. Ich hab lange Haare, seit ich denken kann. Ich bin als die Portugiesin mit den baumelnden Locken geboren worden. Das ist so wahnsinnig langweilig. Irgendwann muss man doch mal eine Revolution auf dem Kopf machen, oder?«

»Du bist nie langweilig, Carla.«

»Ich fand das inzwischen schrecklich öde«, sagt sie. »So ist doch viel lustiger.« Sie schüttelt den Kopf, und ihre Locken hüpfen.

Stimmt. Ist schon lustiger. Und es ist, als hätte sich da plötzlich eine andere Ära in ihr Gesicht geschlichen. Sie sieht zwar immer noch aus wie die dunkle Schönheit vom Mittelmeer, sie hat einfach diesen mafiamäßigen Madonnenlook im Gesicht, aber da ist jetzt noch was anderes. Eine Frau aus den zwanziger Jahren, die wippt und wackelt und Charleston tanzt und sich auf gar nichts festlegen lässt. Eine Französin vielleicht. Je länger ich Carla anschaue, umso besser gefällt mir ihr neuer Haarschnitt. Sie war schon immer wild und schwer zu zähmen. Jetzt hat sie auch die Frisur dazu.

Sie duckt sich ein bisschen hinter die Kaffeemaschine und flüstert:

»Da kommt Rocco ...«

Sie ist aufgeregt.

»Hat dein Lover dich schon mit kurzen Haaren gesehen?«, frage ich.

Carla schüttelt den Kopf und grinst. Rocco übernimmt jetzt immer Carlas Café, während wir beim Fußball sind. Rocco übernimmt inzwischen eine ganze Menge, er hat sich festgesetzt in Carlas Leben. Er hat sich in ihrem Herzen eingenistet wie keiner zuvor. Auch wenn er ein Schlitzohr und ein Halunke ist: Bei allem, was mit Carla zu tun hat, ist er der beste Mensch, den man sich vorstellen kann. Er beschützt sie, behütet sie, unterstützt sie, schenkt ihr Glück und Freude und Lachen und lässt sie machen, was sie will. Er ist immer da, aber er nervt sie nicht. So was muss man erst mal hinkriegen.

»Frau Staatsanwältin, habe die Ehre«, sagt er und tippt mit dem rechten Zeigefinger an seine Coppola-Mütze. Er trägt einen abgewetzten braunen Cordanzug, einen schwarzen Rollkragenpullover und braune Schlangenleder-Cowboystiefel. Er schiebt sich hinter die Theke, nimmt Carlas Gesicht in beide Hände, gibt ihr einen Kuss und sagt: »Du bist aber auch ein schönes Ding.« Er tritt ein Stück zurück und schaut sie noch mal genauer an.

»Haare ab. Schick.«

Das ist alles. Er zieht sein Sakko aus, greift unter den Tresen, holt eine lange, dunkelblaue Schürze raus und bindet sie sich um die knochigen Hüften.

»Und jetzt haut schon ab«, sagt er. »Der FC Sankt Pauli von 1910 wartet auf euch.«

☆

Wir stehen im Stadion. Die Mannschaften laufen ein. Es ist kalt, und aus den Lautsprechern tönen die Höllenglocken von ACDC. Ich trinke Bier und rauche Zigaretten, und ich weiß nicht, ob es am Fußball liegt oder an all den beruhigenden Totenkopfflaggen, aber: Ich hab seit zwanzig Minuten nicht mehr gehustet. Carla rührt ihr Bier nicht an. Rauchen will sie auch nicht. Und als ihr Lieblingsspieler, der smarte Verteidiger mit der Nummer 14, nach einer Ecke ein kraftvolles Kopfballtor macht, beugt sie sich nach vorn und kotzt auf die Tribüne.

»Was zum Teufel ist los mit dir?«, frage ich.

Sie wischt sich mit ihrem Jackenärmel den Mund ab, kuckt mich an, kuckt aufs Spielfeld, kuckt wieder zurück zu mir und sagt:

»Ich bin schwanger.«
Jetzt muss ich doch husten. Und als ich fertiggehustet habe, sage ich:
»Ich hol mal schnell neues Bier.«

☆

Es ist kurz vor der Halbzeitpause, am Bierstand ist noch nicht viel los. Nur einer ist schon da. Der ist eigentlich immer da, wenn ich Bier hole, ich glaub, der verbringt die Spiele tuttamente am Bierstand. Er sieht aber gar nicht aus wie ein Kampftrinker. Ganz im Gegenteil. Gepflegtes Äußeres. Dunkle, akkurat frisierte Haare, gut geschnittener, sauberer Mantel, eleganter weißer Schal, geputzte Stiefel. Er hat ein bisschen was von Falco in seinen besten Jahren. Vielleicht geht er ja genau wie ich einfach gerne fünf Minuten vor der Halbzeitpause Bier holen, will auch dem Gedränge zuvorkommen. Mir gibt das ein Gefühl von Kontinuität, dass er hier immer neben mir steht. Und gerade jetzt, in so einem Moment, in dem sich viel verändern wird, weil meine einzige Freundin mir gesagt hat, dass sie ein Kind erwartet, tut es gut, den ewigen Falcomann zu sehen. Ich bin ja nicht die beste Besetzung für große Veränderungen.
Er ist vor mir mit seiner Bestellung dran, und als eins von den Servicemädchen kommt und ihn fragt, was er haben will, sagt er:

»Zwölf Bier, bitte.«
Mein lieber Herr Gesangsverein. Ja, es tauchen auch nach all den Jahren in meinem Stadtteil immer wieder Menschen auf, vor denen ich sofort meinen Hut ziehen würde, wenn ich denn einen hätte.

☆

Wir haben verloren. In der 91. Minute das zwei zu eins kassiert. Ich sollte traurig und wütend sein. Bin ich aber nicht. Ich bin solche Spielverläufe gewohnt. Sankt Pauli verliert gefühlte fünfundneunzig Prozent seiner Spiele in der Nachspielzeit. Da ist der Verein wie der Stadtteil: Das ist alles ganz schön anzuschauen und oft ein Riesenvergnügen, aber wenn's ums Gewinnen geht, fehlt am Ende der Biss.
Carla und ich trödeln langsam in Richtung Reeperbahn. Wir sind noch mit Rocco in der *Blauen Nacht* verabredet, er kommt, sobald er Carlas Café zugemacht hat. Klatsche kommt auch. Die Jungs wollen uns wahrscheinlich mit großem Getue erklären, warum sie den Laden unbedingt übernehmen müssen.
»Ist dir noch schlecht?«
»Mir ist die ganze Zeit schlecht«, sagt Carla. »Aber spucken kann ich nur manchmal. Das war so toll vorhin, echt. Ich bin heilfroh, wenn's mal klappt.«
Ich zünde mir eine Zigarette an.
»Stört dich das?«

»Was?«, fragt Carla.
»Die Kippe«, sage ich.
»Hallo«, sagt sie und wedelt mit der Hand vor meinem Gesicht hin und her, »ich bin's. Ich schwör dir, würde mir nicht die ganze Zeit die Galle bis zum Hals stehen, ich würde rauchen wie 'ne alte Dampflok.«
Besser nicht, denke ich. Wir biegen auf die Reeperbahn ab. Die Lichter und Leuchtreklamen der Amüsierläden lassen den dicken Nebel über den Dächern gelblich glühen. Die nasse Kälte hat die Leute fest im Griff. Sie bewegen sich steif und zackig. Alle wollen schnell irgendwo rein. Keiner schlendert. Oben im Dickicht rattert ein Hubschrauber, und hinter uns, Richtung Heiligengeistfeld, kreischen ein paar Polizeisirenen. Aha. Gibt offensichtlich noch 'ne dritte Halbzeit. Wäre ich ein Hooligan, wäre ich auch in der Stimmung für eine Keilerei. Mal ein bisschen Feuer in die Kälte bringen. Hält doch kein Mensch mehr aus, diese gemeine Luft. Und das ist erst der Anfang.
Ich kriege einen Hustenanfall und muss kurz stehen bleiben. Als ich fertig bin, tun wir so, als wäre nichts gewesen, und gehen weiter. Carla ist die Einzige, die nichts zu meiner Husterei sagt. Sie lässt mich in Ruhe. Sie weiß, dass es nichts bringt, auf mich einzusabbeln. Ich nehme mir vor, im Gegenzug nichts zu ihrer Schwangerschaft zu sagen. Sie wirkt nicht so, als würde sie dringend darüber reden wollen.
»Glaubst du, das geht schief?«, fragt sie.
»Was meinst du?«
»Rocco und Klatsche und ihr Barprojekt«, sagt sie.

»Ist doch egal, was ich glaube«, sage ich. »Die machen das so oder so.«
Die sind wie ich: Die lassen sich nicht gern was sagen, auch wenn's manchmal besser wäre.
»Aber du machst dir Sorgen um Klatsche, oder?«
Ich zucke mit den Schultern.
»Der rutscht schon nicht wieder ab«, sagt sie. »Er ist ein guter, großer Junge. Und dass er nicht auf ewig der olle Schlüsseldienstmann bleiben will, kann ich echt verstehen. Schau mal: Ich bin auch Gastronomin. Bin ich deshalb gleich automatisch in der Nähe von Kriminellen?«
»Du bist mit einem Kriminellen zusammen«, sage ich.
»Einem Kleinkriminellen«, sagt Carla und reckt ihren rechten Zeigefinger in die Luft. »Dem es sehr guttun würde, mal eine richtige Aufgabe zu haben.«
In deinem Bauch steckt eine Riesenaufgabe für ihn, denke ich, halte aber natürlich die Schnauze. Neben uns versucht ein Typ mit Kapitänsmütze, uns auf die Vorzüge seiner Erotik-Boutique aufmerksam zu machen, Carla schenkt ihm ein Lächeln.
»Kuck mal, wie nett und höflich ich bin«, sagt sie, »als Gastronomin.«
»Dein Café liegt lauschig in der Neustadt«, sage ich, »da wachsen Croissants auf den Bäumen, und es regnet Milchschaum. Die *Blaue Nacht* liegt an der allermiesesten Kiezecke. Und du kannst vielleicht den klebrigen Fußboden austauschen, aber nicht die Gäste. Klatsche wird wieder knietief im Milieu stehen.«
»Liebes«, sagt Carla, »da steht er doch sowieso. Da ist er nie rausgekommen. Der Kiez ist seine Familie. Und

er hat trotzdem seit Jahren kein Ding mehr gedreht.« Sie steckt die Hände in ihre Jackentaschen. Ihre dunklen, kurzen Locken sind ganz feucht vom Nebel. »Und falls er doch mal Scheiße baut, hat er ja immer noch eine super Anwältin«, sagt sie.

»Ich bin Staatsanwältin, Carla. Ich bin dazu da, ihn zu verknacken, und nicht, ihm den Arsch zu retten. Ihr könnt froh sein, dass ich bei Rocco schon immer beide Augen ganz fest zumache.«

Carla macht ein knittriges Gesicht, kuckt von unten zu mir hoch und sagt: »Rocco ist echt harmlos.«

Ich weiß, dass er das ist. Trotzdem ist er jemand, den ich eigentlich sofort einbuchten müsste. Rocco Malutki hat noch nie im Leben einen Job gehabt, der hat noch nie gearbeitet, und trotzdem hat er immer genug Geld für schicke Vintage-Anzüge. Carla behauptet, seine Mutter hätte ihm was vererbt. Alle auf dem Kiez wissen, dass da nichts zu vererben war. Wenn Rocco Malutki keine Zauberfee ist, muss er das ein oder andere krumme Ding drehen, um leben zu können. Aber weil er Klatsches Kumpel und Carlas Lover ist, weil er für meine Freunde wichtig ist, will ich davon nichts wissen. Außerdem mag ich den Streuner. Der verströmt immer so viel Zuversicht, ich weiß auch nicht, wo er die eigentlich hernimmt. Klatsche sagt: Dem Rocco Malutki scheint die Sonne aus dem Arsch. Ich denke, er hat recht damit. Und Rocco tut niemandem weh, auch wenn er sich nicht gesetzestreu verhält. Wenn es danach ginge, müsste ich wahrscheinlich eher mich selbst einbuchten als Rocco. Wir überqueren die Reeperbahn und laufen ein Stück die Davidstraße hoch. Die Huren sind noch nicht da, die fangen erst um acht an. Ohne die Huren ist die Davidstraße nur halb so schön. Ohne die Huren fehlt was. Hoffentlich vertreibt die nicht irgendwann mal einer von hier. Die Davidstraße, die kiezige alte Göre, wird immer schicker. Dadurch aber ganz und gar nicht schöner. Ich weiß nicht, ob es wirklich nötig war, hier so ein Dreieck aus oberblödem Asiarestaurant, geschmacklosem Hotelklotz und seelenloser Panoramabar hinzupflanzen. Das Schlimmste ist, dass es so wirkt, als würde da Methode hinter stecken. Als hätten sich ein paar Leute mit viel Geld vorgenommen, Sankt Pauli kaputt zu machen. Hier haben sie vor ein paar Jahren damit angefangen, hier und am Spielbudenplatz, als sie da diese Wellblechbühnen für hirnverbrannte Großevents hingebaut haben. Inzwischen haben sie sich in fast alle Kiezhauptstraßen vorgearbeitet. Die überrollen Sankt Pauli richtig mit ihrem Latte-macchiato-Lounge-Dreck.

Bevor es für uns zu böse wird, bevor dieser ganze Copper-House-East-Hotel-Elbwerk-Wahnsinn anfängt, biegen Carla und ich rechts ab. In der Friedrichstraße ist sofort Schluss mit dem Scheiß. Nur noch ehrliches, dreckiges, nebliges Hamburg.

»Moin, Mädels«, sagt ein Typ, der übern Kantstein stolpert, uns in die Arme fällt und uns dabei fast zu Boden reißt.

»Moin, Moin«, sagen wir, stellen ihn wieder auf die Füße und geben ihm einen Schubs in die Richtung, in die er eigentlich wollte, damit er noch ein bisschen

vorankommt. Carla hängt sich bei mir ein. Sie schwankt so komisch.
»Musst du wieder spucken?«
»Nee«, sagt sie, »leider nicht, aber ich würde gerne.«
Sie krallt sich fester an meinen Arm.
»Das ist nur so glitschig hier.«
Sie hat sich vor dem Spiel natürlich nicht umgezogen und glittert jetzt auf ihren hohen Hacken übers feuchte Kopfsteinpflaster.
»Sollen wir schon mal in die *Blaue Nacht* gehen? Willst du dich ein bisschen ausruhen?«
»Ey, da hängen wir demnächst noch oft genug rum«, sagt sie. »Lass mal lieber zum Hafen kucken.«
Aber immer. Hafen kann ich dauernd.
»Und mach dir mal keine Sorgen«, sagt sie, »mir geht's gut.«
Die Wolken sind inzwischen so zäh mit der Elbe verquirlt, dass man die 11 am Dock 11 nicht mehr lesen kann. Die Lichter der Kräne, Schiffe und Containerterminals fließen vom Horizont ins brackige Wasser, auf dem noch ein paar wenige Möwen sitzen und sich an der dunklen Glut wärmen.

☆

Ich bin rechtschaffen durchgefroren. Die nasse, eisige Nebelfront ist echt eine der härtesten Waffen des Hamburger Herbstes. Hab mich in eine Ecke von Alis The-

ke geklebt. Durch die schmutzverdunkelten Fenster kann ich in die Herbertstraße schauen. Da kann man als Frau sonst ja nie reinschauen. Das ist allerdings ein unschlagbares Argument für diese Bar und vor allem diesen Platz hier. Ich beobachte die verschwommenen Umrisse der Männer vor den Schaufenstern, sehe in den Fenstern aber nur ein paar rote Lichter glimmen oder Pailletten glitzern, wahrscheinlich ist auch noch ein bisschen Haut dabei, mehr kann man nicht erkennen. Ali sollte verdammt noch mal seine Fenster putzen. Ich huste ein bisschen vor mich hin und versuche, Klatsche und Rocco nur mit halbem Ohr zuzuhören, denn ihr Geplapper geht mir auf die Nerven. Die Jungs plustern sich tierisch auf: »… werden den Laden selbstverständlich in deinem Sinne weiterführen … sind ja auch nicht ganz unbekannt hier auf dem Kiez … nee, Bilder und Möbel bleiben drin, klar … vielleicht mal streichen … ach so, nee, muss ja nicht … da mach dir mal keine Sorgen, das kriegen wir schon zusammen, die Kohle, kein Problem … hey, natürlich, du sprichst mit Geschäftsleuten … blablabla, blablabla …«
Rocco und Klatsche sind so heiß auf den ollen Schuppen, ihnen glüht fast der Arsch durch die Kunstlederhocker, auf denen sie unruhig hin und her rutschen.
Ali steht groß und schwer wie eh und je hinter seiner Theke, ein mächtiger Türke, aber er sieht inzwischen wirklich ein bisschen müde aus. Sein Schnurrbart hängt, und er trägt sein Hemd nur noch halb so weit offen wie früher. Er scheint tatsächlich alt zu werden. Kann man ja auch verstehen, dass er keine Lust mehr

hat, sich die Nächte um die Ohren zu schlagen. Aber muss er seine brüchige Dame hier unbedingt an zwei halbstarke Halunken übergeben?

»Kann ich einen Kaffee haben?«, frage ich.

Ali nimmt die verkalkte Glaskanne von der Wärmeplatte, gießt ölige, lauwarme Flüssigkeit in eine lila-weiß geblümte Tasse und stellt sie mir vor die Nase. Mit einem Brummen, von dem ich glaube, dass es freundlich gemeint war. Ich verzichte auf den angebotenen Süßstoff und die Dosenmilch und trinke den Kaffee schwarz. Das Zeug ist so sauer, dass ich mich schütteln muss. Hoffe, Ali hat es nicht gesehen. Ich will ihn nicht verletzen.

»Ist der Kaffee gut?«, fragt er, als er schnell mal mit einem Lappen den Tresen wischt, um meine Tasse herum.

»Jaja«, sage ich, »super. Kann ich jetzt bitte einen doppelten Wodka auf Eis und Zitrone bekommen?«

Ich wische mir den Mund ab und muss mich noch mal schütteln.

Klatsche weiß, wie Alis Kaffee schmeckt. Er zwinkert mir zu und flüstert gönnerhaft in meine Richtung, dass er gleich mal zu mir kommt. Wow, denke ich, der Herr Barchef kommt gleich mal zu mir.

Carla war die letzte Viertelstunde auf der Toilette verschwunden. Dazu muss man jetzt wissen, dass die Toilette der *Blauen Nacht* kein Ort ist, an dem man auch nur eine Viertelsekunde verbringen möchte. Wäre sie noch eine Minute länger geblieben, ich hätte sie da rausgeholt. Sie ist sehr blass um die Nase, was

bei ihrer Karamellhaut fast gelb aussieht. Nicht gut. Ich glaube, sie war spucken, aber ordentlich.
Wenn ich ganz ehrlich bin, ist mir auch schlecht. Aber eher seelisch. Ich sollte mich freuen. Weil man sich für eine Freundin freut, wenn sie schwanger ist. Weil sich immer alle freuen, wenn jemand schwanger ist. Weil man sich über neues Leben eben freut. Ich kriege es aber nicht hin. Ich kann mich nicht freuen. Vielleicht, weil Carla sich offensichtlich kein bisschen freut. Es sieht nicht so aus, als wäre sie glücklich über das Kind in ihrem Bauch.
Aber es geht gar nicht nur um Carla. Auch wenn ich mich dafür schäme: Ich tue mir leid. Ich habe Angst, Carla an ihr Kind zu verlieren. Ich kann mit Kindern nicht viel anfangen. Wenn Carla erst mal ein Kind hat, werden wir uns voneinander entfernen. Keine gemeinsamen Nächte mehr, kaum Zeit am Tag. Wird sie ihr Café dichtmachen müssen? Wie soll das denn gehen, mit Baby? Geht mein zweites Zuhause flöten? Und was ist mit der Sauferei? Ich habe verlernt, alleine zu trinken. Carla und Klatsche haben es mir abgewöhnt. Und so sitze ich hier in dieser heruntergekommenen Kaschemme, denke über ein Baby nach und merke, dass ich in den letzten Jahren ganz nebenbei ein paar Menschen sehr nah an mich rangelassen habe. So nah, dass es mir das Herz brechen würde, sie zu verlieren. Ich dachte eigentlich, das passiert mir nicht mehr. Pech gehabt. Oder doch Glück?
»Gib mir mal ’n Wodka«, sagt Carla und schiebt sich neben Rocco Malutki an die Theke.

Ali stellt ihr das Glas hin. Carla kippt und sagt: »Noch einen, bitte.«
Rocco legt ihr den Arm um die Schultern, zieht sie an sich und sagt: »Ha. Das ist mein Mädchen.«
Also. Erstens: Ich kenne mich ja mit Schwangerschaften nicht aus, aber ich glaube, Schnaps ist nicht in Ordnung. Zweitens: Rocco weiß offensichtlich noch gar nichts von seinem Volltreffer.

MATJES ODER BISMARCK?

* * *

Ihr Anruf kam genau im richtigen Moment, mein Mädchen«, sagt der Faller. »Ich konnte nicht mehr verheimlichen, dass ich mit der Sonntagszeitung durch war. Hätten Sie nicht angerufen, hätte meine liebe Frau mich wieder zu dieser verfluchten Gartenarbeit verdonnert.«

»Ich dachte, Sie mögen Gartenarbeit«, sage ich.

»Fischbrötchen mag ich lieber«, sagt er, »gerade im November. Was soll ich da auf allen vieren durchs tote Gestrüpp robben, nur damit meine Frau das Gefühl hat, dass ich versorgt bin?«

Wir sitzen auf der Bank vor der kleinen Fischbude in Övelgönne und lehnen uns gegen die Fischbudenbretterwand. Die Fischbude steht auf einem Schiffsanleger, der Anleger schwankt und knarzt unter unseren Füßen. Ich mag dieses Knarzen. Es gibt mir ein Gefühl der Möglichkeiten. Wenn ich dem Wasser so nah bin, könnte es jederzeit sein, dass ein Schiff vorbeikommt und mich mitnimmt. Nicht, dass ich wegwill.

Ich bin ja gar nicht der Typ fürs Weggehen. Aber die Idee finde ich irgendwie beruhigend.
Der Nebel von gestern Abend hat seinen Griff gelockert, und über Mittag ist tatsächlich ein Hauch von Sonne rausgekommen. Der Faller beißt in seine Matjesschrippe, hält sein altes Gesicht in die dünne Sonne, macht die Augen zu und kaut.
»Wie ist Amy Tucker so?«, frage ich.
»Keine Ahnung«, sagt er, »ich hab bisher nur einmal mit ihr telefoniert. Sie kam mir ziemlich cool vor. Eine klare, geradlinige Stimme. Ich an ihrer Stelle wäre wahrscheinlich aufgeregt und fahrig gewesen, das nimmt einen doch mit, so eine Todesnachricht, und sie wusste ja noch nicht lange davon. Vielleicht stand sie aber auch unter Schock. Und am Telefon ist so was ja sowieso schwer einzuschätzen. Ich war auf jeden Fall erstaunt, wie gut sie Deutsch sprach.«
Er beißt wieder in sein Brötchen, kaut und schiebt seinen Hut ein Stückchen weiter nach hinten.
Mir schmeckt mein Bismarck-Hering irgendwie nicht. Der ist viel zu sauer. Ich hätte Matjes nehmen sollen.
»Faller«, sage ich, »ich verehre Sie auf den Knien meines Herzens, das wissen Sie, aber es kann nicht angehen, dass Sie in einem Fall schnüffeln, an dem wir dran sind. Das geht einfach nicht. Kommen Sie schon. Rufen Sie Amy Tucker an, und geben Sie das Ding wieder ab. Dann wäre uns allen wohler.«
Der Faller holt einen Zwiebelring aus seinem Brötchen und schmeißt ihn hinter sich in den Mülleimer.

»Was die nur immer mit diesen Zwiebeln wollen«, sagt er. »Zwiebeln machen den Fisch kaputt.«
Vielleicht hätten wir doch Currywurst essen sollen. Irgendwie passt das heute nicht zusammen, die Fischbrötchen und wir.
Der Faller schiebt sich den Rest seines Brötchens komplett in den Mund, kaut ein paar Mal und schluckt den ganzen Kram runter. Er sieht für einen Moment aus wie ein riesiger schrulliger Pelikan. Als sein Mund leer ist, nimmt er kurz den Hut ab, fährt sich über sein weißes Haar, setzt den Hut wieder auf und sagt:
»Ich hab Sie auch lieb, Chastity. Aber lassen Sie mich bitte meine Arbeit machen, ja?«
Ich sehe ihn an, atme ein und wieder aus und kucke zurück aufs Wasser. Man kann's ja mal versuchen.
Zu unseren Füßen landet ein Rabe und fängt an, mir die Taschen vollzukrächzen. Er hüpft immer näher an mich ran. Ich glaube, der will an meinen Bismarck.

ZLATAN BAJRAMOVIC

☆ ☆ ☆

Ich war letzte Nacht im Krankenhaus. In der Notaufnahme. Klatsche hat mich da hingebracht, weil ich keine Luft mehr gekriegt habe. Ich hätte ihm gerne gesagt, dass das nicht nötig ist mit dem Krankenhaus, dass ich nur einmal ordentlich abhusten muss, und dann geht's auch wieder. Aber ich konnte ja nicht reden, weil ich so husten musste. Als wir da im Neonlicht an der Anmeldung rumsaßen, hat Klatsche einen Anruf gekriegt. Schlüsseldienstnotfall. Er musste schnell los, für Geld eine Tür knacken. Der Herr Obergastronom. Ich hab noch zehn Minuten gewartet, bis er ganz sicher weg war, und dann hab ich mich auch vom Acker gemacht. Atmen ging wieder, und Krankenhaus geht ja nun wirklich gar nicht.

Ich will zum Calabretta. Als ich die Tür zum Büro meiner Kollegen aufmache, kriege ich einen Schreck. Da steht einer an Fallers Schreibtisch und sortiert Sachen in Fallers Schubladen ein. Der Calabretta sitzt ihm gegenüber und lächelt mich an, als wolle er sagen:

Ich weiß. Ich finde das auch sehr befremdlich. Aber es ist nun mal, wie es ist.

Ach ja. Hatte ich ganz vergessen. Der neue Bulle.

Er steht auf und geht zwei Schritte auf mich zu, aber wirklich nur zwei. Er ist ziemlich groß, seine langen Beine stecken in einer schmalen, dunklen Anzughose, das schwarze Hemd ist akkurat gebügelt. Die schwarzen, glänzenden Haare sind kompromisslos nach hinten gelegt. Das betont sein glattrasiertes, arabisch geschnittenes Gesicht mit der Adlernase. Er sieht aus wie ein Touareg-Prinz, der heute Morgen aus Versehen in einen Anzug gesteckt worden ist. Der Typ ist mir viel zu attraktiv.

»Schönen guten Tag«, sagt er und streckt mir die Hand hin. Schönen guten Tag am Arsch, denke ich und gehe ihm nur ein kleines Stück entgegen. Lasse ihn noch ein bisschen kommen. Dann geben wir uns die Hand.

»Inceman«, sagt er, »Bülent Inceman.«

»Chastity Riley«, sage ich, »zuständige Staatsanwältin.«

»Ich weiß«, sagt er und kuckt mich an. Er sieht mir auf eine Art in die Augen, dass ich sofort zurück in die Notaufnahme möchte. Ich kann da nichts mit anfangen, wenn Männer mir derart in die Augen kucken.

»Hören Sie auf, mich so anzukucken«, sage ich.

»Okay«, sagt er, lächelt und geht zurück an Fallers Schreibtisch.

Der Calabretta hat Glück, dass er sich sein Grinsen verkneift und nur die Augenbrauen hochzieht.

Ich hebe Zeigefinger und Mittelfinger zum Mund und mache das Zeichen für: Rauchen?

»Ja, also, Herr Inceman«, sagt er, »die Frau Riley und ich, wir gehen dann mal eben eine rauchen.«
Der Inceman nickt und kuckt mich schon wieder so an. Der spinnt wohl.
»Der spinnt wohl«, sage ich, als der Calabretta und ich endlich auf dem Flur stehen. »Mich so anzukucken. Der hat sie ja nicht mehr alle.«
»Der ist Südländer«, sagt der Calabretta, »der kann nicht anders. Und, also bitte, Entschuldigung, Chef … so wie der aussieht … andere Ladys sparen ihr Leben lang darauf, von so einem Typen solche Blicke zu kriegen, wie Sie sie gerade gekriegt haben.«
»Ich kann da nichts mit anfangen«, sage ich.
»Ich weiß«, sagt er. »Aber das kann er nun wirklich nicht wissen. Normalerweise rennen die Frauen dem doch die Bude ein. Der gute Mann erfüllt mit seinen Blicken nur die Erwartungen, die eh alle an ihn haben.«
Hui, Doktor med. psych. Westentasch spricht. Ich zünde zwei Zigaretten an und gebe dem Calabretta eine.
»Ich will doch eigentlich damit aufhören«, sagt er.
Er ziert sich noch ein bisschen.
»Sie können morgen aufhören«, sage ich. »Los, nehmen Sie schon.«
Er nimmt die Zigarette, wir machen das Fenster auf und rauchen.
»Wo kommt der denn eigentlich her?«, frage ich.
»War lange bei den Drogen«, sagt der Calabretta, »zu mir hat er gesagt: zu lange. Ich glaube, er ist froh, dass er hier ist.«

»Hm«, sage ich und puste Rauch in die kalte Luft. Das Drogendezernat ist nur was für ganz harte Hunde. Da kann man wirklich schnell zu lange sein.

»Was sind Sie denn so knurrig?«, fragt der Calabretta. »Sie geben doch sonst jedem eine Chance.«

»Er sitzt an Fallers Schreibtisch«, sage ich.

»Ja, das tut er. Und auch dafür kann er nichts. Ich hab ihn da hingesetzt. Weil es keinen anderen freien Schreibtisch gibt. Und weil ich Bock drauf hab, dass mir endlich mal wieder jemand gegenübersitzt.«

»Hm«, sage ich.

»Chastity«, sagt er, »der Faller ist nicht tot. Der Faller ist nur in Rente gegangen. Kann aber das Schnüffeln nicht lassen und geht uns damit auf die Nerven. Es gibt keinen Grund für übertriebene Pietät.«

Der Calabretta hat sein italienisches Ist-doch-alles-nicht-so-wild-komm-ich-heut-nicht-komm-ich-morgen-Gesicht aufgesetzt.

»War der Faller hier, oder was?«, frage ich.

»Nö. Aber er war gestern Abend offensichtlich in der Roten Flora, kurz bevor die Kollegen Brückner und Schulle dort aufgetaucht sind. Keine Ahnung, woher er wusste, dass wir uns da umschauen wollen.«

»Gestern Abend?«

Der Calabretta nickt.

»Der alte Hund«, sage ich. »Ich hab mich gestern Mittag mit ihm getroffen, aber er hat kein Wort davon erzählt, dass er ein Auge auf die Flora geworfen hat. Woher wusste er, dass wir in Richtung der Autonomen ermitteln?«

Der Calabretta zieht die Schultern hoch und dreht die Handflächen nach oben.
»Ich sag doch, Ihre Pietät können Sie sich sparen.«
Er schmeißt seine Kippe aus dem Fenster und schaut in die Wolken.
»Haben die Kollegen denn was rausgefunden?«, frage ich.
»Die Leute von der Flora waren erstaunlich kooperativ«, sagt er. »Und wohl aufrichtig überrascht vom Tod der Tuckers. Allerdings haben die ehrlich zugegeben, dass sie Walt Tucker die Pest an den Hals gewünscht haben. Der Alte hat sich seit Jahren immer wieder mit denen angelegt. Sich an allen möglichen Orten aufgebaut und gegen Linke und Autonome gehetzt. Die sagen, er hätte sie ausgiebig beschimpft, als Zecken, Penner und Säue. Einer hat dem Schulle erzählt, Walt Tucker hätte ihm eine Weile regelmäßig aufgelauert und ihn bespuckt. Eine Frau hat behauptet, er hätte sie und ihre Freundin sogar mal mit einer Waffe bedroht.«
»Was war mit dem denn bloß los?«
»Der hatte seinen ganz eigenen Film laufen«, sagt der Calabretta. »Wenn das stimmt, was die Flora-Leute erzählen, waren die Tuckers paranoide alte Konservative. Richtige Ultras, klassische Bush-Wähler.«
»Und was machen wir jetzt?«, frage ich.
»Die Jungs und ich glauben nicht daran, dass die Floristen was mit dem Mord zu tun haben, zumindest nicht der enge Kreis. Schulle und Brückner bleiben weiter locker an der Szene dran, aber ich hab das Ge-

fühl, dass die Spuren, die wir gefunden haben, stinken. Da stimmt was nicht.«

»Die sind gelegt worden?«

Der Calabretta schiebt das Kinn nach vorne, was so viel heißt wie: Kann sein, kann nicht sein.

»Wir schicken den Kessler und sein Team noch mal mit anderer Marschrichtung durch das Haus in Wilhelmsburg«, sagt er. »Dann sehen wir weiter. Und der neue Kollege knöpft sich noch heute die Immobilienfirma vor, die das Haus von der Stadt gekauft hat. Einfach ein bisschen durchleuchten, mal schauen, was da zum Vorschein kommt.«

Ich kriege einen Hustenanfall. Der Calabretta nimmt mir die Zigarette aus der Hand und schmeißt sie aus dem Fenster.

»Hey«, sage ich, »was soll das?«

»Ich brauche Sie noch, Chef.«

»Wofür?«

»Ich will, dass Sie mit mir in die Kirche gehen.«

☆

»Wie schön, dass Sie zu uns kommen«, sagt die Frau. Sie hat kurze graue Haare, die ein bisschen blond gefärbt und auch ein bisschen in Locken gelegt sind. Ihr geblümtes Kleid ist so quadratisch wie ihr Körper. Sie hat ein Problem mit Wassereinlagerungen rund um die Füße. Besonders ihr rechter Knöchel quillt bedrohlich

aus ihrem braunen Bequemschuh. Sie trägt hautfarbene Stützstrümpfe. Ich hoffe für sie, dass es keine Strumpfhosen sind.
»Wann waren Sie denn zum letzten Mal in der Kirche?«
»Wir sind von der Polizei«, sagt der Calabretta. »Mordkommission.«
»Schön«, sagt die Frau. »Herzlich willkommen. Und wann waren Sie zum letzten Mal in der Kirche?«
»Wir kommen wegen Lorraine Tucker«, sagt der Calabretta. »Sie ist tot.«
Die Frau bekreuzigt sich und sagt leise: »Die Wege des Herrn sind unergründlich, möge sie in Frieden ruhen.«
Dann laufen ihr Tränen über die Wangen.
Aber sie bleibt konsequent: »Wann waren Sie beide zum letzten Mal in der Kirche?«
Der Calabretta kapituliert.
»Ich gehe regelmäßig in die Kirche«, sagt er. »Einmal im Jahr, wenn ich in Neapel bin. Chef?«
Er sieht mich an und erteilt mir damit das Wort.
»Keine Kirche«, sage ich. »Ist nichts für mich.«
Die Frau sieht mich lange an, bestimmt zehn Sekunden. Ich glaube, sie versucht, herauszufinden, ob ich zu missionieren bin. Am Ende lässt ihr Blick mich fallen, ich kippe aus ihrer Welt und bin ab sofort unsichtbar. Alles in allem eigentlich kein schlechtes Gefühl.
»Wie ist unsere liebe Schwester Lorraine gestorben?«, fragt sie den Calabretta.

Ihr laufen immer noch Tränen übers Gesicht. Es scheint sie nicht zu stören. Weder dass die Tränen da sind, noch dass wir sie sehen.
»Sie wurde erschlagen, zusammen mit ihrem Mann«, sagt der Calabretta.
»Wer tut denn so was?«
Sie beginnt an ihrem Ausschnitt zu nesteln. Sie hat da so eine Perlenkette mit einem Kreuz dran, einen *Rosenkranz?* Dann bekreuzigt sie sich wieder und fängt an, etwas zu murmeln, das ich nicht verstehen kann. Ich glaube, es ist ein Gebet.
»Wann haben Sie Lorraine Tucker zum letzten Mal gesehen?«, frage ich.
Statt mir zu antworten, sieht sie den Calabretta mit Kuhaugen an, murmelt zu Ende, sagt dann: »Gott schütze Sie, guter Mann«, dreht sich auf dem Absatz um und verschwindet im Flur des Gemeindehauses.
So langsam fängt sie an, mir auf den Wecker zu gehen. Wir laufen ihr nach, der Calabretta vorweg, ich hinterher. Das Haus ist ein dunkler Funktionsbau aus den siebziger Jahren. Mit einem langen Flur ohne Fenster, nur von ein paar gräulichen Neonröhren beleuchtet, die für Neonröhren ungewöhnlich schwach sind. Manchmal flackert das Licht sogar ein bisschen, aber das bilde ich mir vielleicht auch nur ein.
Die unförmige Frau mit den dicken Füßen ist schneller, als ich ihr zugetraut hätte. Sie biegt links ab, wir hinterher, und schon sind wir mittendrin. In einem hellen Raum mit vielen Fenstern bis zum Fußboden. Ein Glaskasten mit weißer Kunststoffdecke. Es gibt

immer noch Neonlicht, aber das schwache Tageslicht, das durch die großen Fenster fällt, fängt das Neon ein bisschen auf. So geht's.
An den quadratischen Tischen, die im Raum verteilt sind, sitzen Leute. Viele Frauen mittleren Alters, diesem komplizierten Alter, wenn die Kinder sich nicht mehr für ihre Mütter interessieren und die Männer auch schon lange ganz woanders sind. Und die Frauen sind allein, nach einem Leben voller Gebraucht-Werden. Diese Frauen sehen immer aus wie ein Volkswagen von 1985. Es sind auch ein paar Männer da. Sie wirken herrisch. Und ein paar jüngere Frauen mit kleinen Kindern, die Kinder sind ungewöhnlich still. Und sie sitzen auf ihren Stühlen. Sie rennen nicht rum oder so.
An den Wänden hängen bunte Bilder, naives Zeug, und auf den Bildern kleben Sätze: *Was bedeutet Gott für Dich? Kannst Du sehen, dass ich gestrauchelt bin? Gott liebt Dich, obwohl Du bist, was Du bist – ein Sünder.*
Ich fühle mich auf der Stelle unwohl. Schuldig. Der Calabretta macht einen Schritt in den Raum hinein. Das Schuldgefühl, das hier durch die Luft wabert, scheint an ihm abzuperlen. Als Italiener ist er da wahrscheinlich ein anderes Kaliber gewohnt.
»Schönen guten Tag«, sagt er, »Polizei. Wir möchten gerne mit Ihnen reden.«
Und dann geht er von Tisch zu Tisch, fragt, hört zu, fragt, hört zu. Es sind nur kleine Fragen, die er stellt. Weiche Fragen. Keine Vernehmung. Er will nur wis-

sen, wer Lorraine Tucker war. Ich verstecke mich im Türrahmen und stenografiere im Kopf mit. Das machen wir oft so, das ist unsere Arbeitsteilung in solchen Situationen. Der Calabretta konzentriert sich auf die Fragen, ich mich auf die Antworten: Lorraine Tucker war eine einsame verheiratete Frau, die bei Gott die Antwort auf die Frage suchte, warum ihr Mann so ein Teufel geworden war.

»Himmel, Calabretta«, sage ich, als wir wieder draußen sind, »was waren das für Leute? Katholiken?«

»Nein«, sagt er, »das waren Neokatechumenen. Eine ziemlich radikale Truppe innerhalb der katholischen Kirche. Aggressive Missionare.«

»Was meinen Sie, haben die was mit dem Mord zu tun?«

»Kann ich mir nicht vorstellen«, sagt er. »Von den Leuten, die da rumsaßen, war keiner zu so was in der Lage. Das war doch Profiarbeit, was in Wilhelmsburg abgeliefert wurde. Und ich glaube, die Leute hier hatten Lorraine ziemlich gern. Walt mochten sie ja wohl nicht so gerne.«

»Ich bin mir inzwischen ziemlich sicher, dass es niemanden auf der Welt gegeben hat, der Walt Tucker mochte«, sage ich. »Ich glaube, den mochte nicht mal mehr seine Frau. Und nur damit Sie Bescheid wissen: Sie können mich gerne mit in die Rote Flora nehmen und auch sonst überallhin. Aber schleifen Sie mich nie wieder zu diesen Extremisten.«

☆

Ich gehe am Wohlers Park entlang nach Hause. Auf der Grenze zwischen Sankt Pauli und Altona. Lauschige Ecke. Im Sommer fliegen hier die Bienchen. Jetzt riecht es nach nasser Erde. Der Gehweg ist nicht betoniert, so was gibt's sonst, glaub ich, nur in den Villen-mit-Garten-Vierteln wie Othmarschen und Harvestehude. Bei uns gibt's so was auf jeden Fall eigentlich nicht. Sankt Pauli ist gut betoniert, damit man es leichter abwaschen kann. Sankt Pauli ist, was Dreck angeht, wie ein kleines Kind: kann keiner Sauerei aus dem Weg gehen.

Der weiche Grund unter meinen Füßen fühlt sich matschig an, er gibt bei jedem Schritt nach. Die kalte Luft schneidet mir in die Lungen, ich huste ein bisschen in mich rein. Auch, um sicherzustellen, dass ich noch da bin. Ich war eben bei diesen Kirchenleuten schließlich eine ganze Weile unsichtbar. Dann biege ich in die Thadenstraße ab, es gibt Asphalt, es wird wieder trockener. Hier fängt der Kiez wieder an.

An der Ecke zur Wohlwillstraße kommt mir ein Typ entgegen. Er hat einen Hund dabei. Der Typ trägt ein Bier, der Hund ein Bajramovic-Trikot. Wir bleiben alle drei kurz stehen, weil wir uns ein bisschen in die Quere gekommen sind. Wir haben Rechts-vor-Links für Fußgänger nicht ganz auf der Pfanne. Der Hund hält seine Nase an meinen rechten Stiefel, pinkelt aber freundlicherweise nicht dran. So wie ich für eine Sekunde darüber nachdenke, ihn zu streicheln, es aber dann doch nicht tue.

Bajramovic. Der ist auf Sankt Pauli groß geworden und spielt jetzt für Frankfurt. Bei mir ist es genau umgekehrt.

☆

Ich kaufe mir am Kiosk noch eine Schachtel Zigaretten, und als ich wieder rauskomme und wie immer kurz an unserem Haus hochkucke, sehe ich Klatsche am beleuchteten Fenster stehen. Er raucht und kuckt zu mir runter. Ich stelle mich in den Lichtkegel, der aus dem Kiosk fällt, damit er mich sehen kann, und er winkt mich hoch. Ich gehe über die Straße, komme an unserer Haustür an, er drückt den Türöffner, ich muss nicht mal meinen Schlüssel rausholen. Ich gehe die Treppen hoch, er hat das Licht im Treppenhaus schon für mich angemacht, seine Tür steht offen. Ich beachte meine eigene Tür nicht, aus Klatsches Wohnung kommt warme Luft gekrochen. Und ein dunkles Licht. Kaminlicht. Das muss man erst mal hinkriegen: Kaminlicht ohne Kamin.

»Hey«, sagt er, als ich die Tür hinter mir zumache.

Ich sage nichts, ich habe das Gefühl, ich könnte anfangen zu heulen, wenn ich jetzt was sage.

Er nimmt mich in den Arm, er nimmt mir den Mantel ab, er zieht mich aus, und ich wehre mich nicht, denn ich weiß, er beschützt mich.

BISSCHEN SCHIEF

☆ ☆ ☆

»Jetzt sieht das hier aber aus, als hätte der Kollege Kessler eine Putzkolonne durchgeschickt«, sagt der Calabretta.

Exakt. In der Tucker-Wohnung steht kein Staubkörnchen mehr auf dem anderen.

»Blitzt wie bei meiner Mutter«, sagt der Inceman.

Wie es bei meiner Mutter aussieht, weiß ich nicht. Wahrscheinlich eher duster.

Die KTU hat heute Morgen aber offensichtlich nichts gefunden, was uns auf den ersten Blick helfen könnte. Sonst hätte der Calabretta schon längst aufgeregte Anrufe gehabt. Deshalb stapfen wir jetzt auch noch mal durch die Wohnung der Toten. Nach Informationen suchen, für die sich die Spurensicherung nicht interessiert. Der Calabretta nennt das: mit dem Herzen sehen.

Ich setze mich in die Küche und warte ab, was passiert. Ob mir noch was einfällt zu den Tuckers. Ich weiß, dass ich am ehesten einen Draht zu Lorraine kriegen könnte. Mister Tucker ist mir unheimlich. Also die Küche. Draußen vorm Fenster versucht sich eine magersüchtige Sonne durch den Nebel zu kämpfen, aber es ist jetzt schon klar, dass sie sich nicht wird durchsetzen können. Auf dem Küchentisch liegt eine gehäkelte Tischdecke, ich pule mal ein bisschen an der Spitzenkante rum.

Der Calabretta hat sich ins Wohnzimmer zurückgezogen, der Inceman inspiziert den Flur. Nach einer guten halben Stunde kommt erst der Inceman zu mir in die Küche, dann der Calabretta.

»Wollen wir los?«, fragt der Inceman.

»Ich hab alles gesehen«, sagt der Calabretta. »Chef?«

»Lassen Sie uns abhauen«, sage ich.

Wir verlassen die Wohnung, der Calabretta versiegelt die Tür. Wir rutschen vorsichtig durchs Treppenhaus, und wir kommen tatsächlich unten an, ohne dass einer gestürzt ist. Der Calabretta ist als Erster draußen, der Inceman hält mir die Tür auf und lässt mich vor. Dabei kuckt er mich wieder so an. Ich versuche, es zu ignorieren, es gelingt mir aber nicht ganz. Außerdem bemerkt er, dass ich versuche, es zu ignorieren, was natürlich ganz blöd ist. Er zieht seine perfekt gewachsenen schwarzen Augenbrauen ein bisschen nach oben und grinst. Lecko mio.

Als wir auf der Straße stehen, drehe ich mich noch mal um und schaue an den rostigen Balkonen hoch.

»Wir kommen nicht wieder«, sage ich leise, mehr zu dem alten Haus als zu den beiden Männern an meiner Seite.

»Was haben Sie gesagt?«, fragt der Calabretta.
»Wir sollten was essen gehen«, sage ich.
»Sehr gute Idee«, sagt der Inceman. »Mir hängt der Magen zwischen den Knien. Und ich würde mich mit Ihnen beiden gerne über die Immobilienfirma unterhalten.«
»Oberhafenkantine?«, fragt der Calabretta, und ich sage: »Bingo.«
Nur weg aus Wilhelmsburg. Wann immer ich hier bin, merke ich nach wenigen Minuten, dass ich hier gar nicht sein will. Das liegt nicht nur daran, dass das Tucker-Haus so ein trauriger Ort ist. Hamburg Süd macht mich fertig. Ich fühle mich, als wäre ich im Nirgendwo gelandet. Wilhelmsburg ist gleichzeitig alles: Großstadt und Provinz und Stadtrand und Dorf und Industrie und Kleinstadt und Hafen und Auffangbecken. Und gleichzeitig nichts, denn es gibt keinen inneren Zusammenhang. Keine spürbare Geschichte. Eine Elbinsel, ein alter Stadtteil, aber nach dem Krieg und der großen Sturmflut ist der irgendwie durch die Maschen gefallen. Über Jahrzehnte zum Ghetto mutiert. Ein vergessener Stadtteil. Schade, es wäre doch alles da gewesen. Aber so sieht's jetzt aus: viel zu viel Gewerbegebiet, viel zu viele dünn gebaute Hochhäuser. Kein Ort für Menschen. Eher ein Ort für Lastwagen.
»Fahren wir?«, fragt der Calabretta.
»Fahren wir«, sage ich.
Wir steigen ins Auto, der Calabretta fährt, ich sitze neben ihm, der Inceman sitzt hinten, was mir ein biss-

chen leidtut, weil er so groß ist und sich in dem schnittigen Calabretta-Alfa richtig einklappen muss. Aber er hat nichts gesagt, und dann muss er jetzt eben hinten sitzen. Ich sitz nicht so gerne hinten.
Wir fahren noch ein Stück die Straße lang, stumpfe Hallen links und rechts, geducktes Zeug, Blech. Der Calabretta biegt auf die Wilhelmsburger Reichstraße ein. Da kommt der schöne Teil. Wiesen, Kanäle, kleine Wälder, Grillplätze, Schrebergärten. Und natürlich überall HSV-Flaggen, das ist hier HSV-Land, da kann man überhaupt nichts machen, das sehen die auch richtig eng hier.
»Selten so eine einsame Wohnung gesehen«, sagt der Inceman von hinten.
»Ja, schlimm«, sagt der Calabretta. »Das sah da aus, als hätten die beiden gar nicht miteinander gelebt. Das waren einfach nur einzelne Zimmer.«
»Küche und Schlafzimmer gehörten ihr«, sage ich, »der Rest ihrem Ehemann.«
»Und der Flur war die entmilitarisierte Zone«, sagt der Inceman. »Da durften beide durchlaufen, aber nur alleine. Zusammen haben die nichts mehr gemacht. Eigentlich fast pervers, dass sie zusammen umgebracht wurden. Ich glaube, das hätte denen nicht gepasst.«
In dieser Wohnung muss es gewesen sein wie in den zwei verfeindeten Hälften eines geteilten Landes. Und während der Teilung sind schlimme Dinge vorgefallen, Kriegsverbrechen, die man nicht verzeihen und nicht vergessen kann.

»Hier rechts grillen meine Eltern im Sommer immer mit ihren Freunden«, sagt der Inceman und zeigt auf ein paar Lichtungen, die sich direkt neben der Schnellstraße aneinanderreihen.
»Danke für die Info«, sagt der Calabretta. »Ich hab mich immer gefragt, wer da eigentlich sein Steak in den Auspuffgasen röstet.«
Die beiden Männer lachen, ich schaue aus dem Fenster und kann nicht aufhören, darüber nachzudenken, was in der Ehe der Tuckers passiert sein mag.
»Wenn wir wissen, warum es bei Walt und Lorraine so kalt war, wissen wir auch, warum sie sterben mussten«, sage ich.
»Könnte sein, dass Sie da richtigliegen«, sagt der Calabretta. »Ich hab auch das Gefühl, dass es einen Zusammenhang geben muss zwischen der desaströsen Entwicklung, die diese Ehe genommen hat, und dem Desaster, das am Ende im Wohnzimmer geschah.«
Der Inceman räuspert sich, aber das wäre auch als Knurren durchgegangen. Dann hustet er ein bisschen.
Da hab ich jetzt aber echt nichts mit zu tun.
Wir schauen alle noch ein bisschen aus dem Fenster und denken nach.
Kurz bevor wir über die Süderelbe auf die Veddel und ins Hafengebiet kommen, steht linker Hand eine Kuh auf dem Deich.

☆

Die Oberhafenkantine liegt mit Schlagseite an ihrer kleinen Kaimauer. Wie ein altes Schiff, das von einer Elbwelle angespült wurde. Ihr Dach klebt förmlich unter der Eisenbahnbrücke, als hätte sie sich bei deren Bau gerade noch rechtzeitig geduckt, um nicht mit in die Stahlkonstruktion geschraubt zu werden. Drinnen ist der Laden so schief wie draußen, und ich muss mich kurz daran gewöhnen, dass die senkrechte Achse hier ein bisschen in die Diagonale geschoben ist.
Wir setzen uns in eine der Ecken am Fenster, auf zwei gegenüberliegende Bänke, die mit braunem Leder bezogen sind. Es sind ein paar Geschäftsleute da und ein paar Agenturheinis, an der Theke stehen zwei Hafenarbeiter vor ihrem Bier, vielleicht sind's sogar Seeleute. In der Ecke gleich neben der Tür sitzt eine junge Frau und spielt auf einem Schifferklavier.
Wir bestellen einmal Matjes, einmal Roastbeef, einmal Labskaus. Dazu Bratkartoffeln und drei Bier. Der Calabretta sitzt mir gegenüber, der Inceman hat sich neben mir auf die Bank gesetzt. Ich lehne mich mit dem Rücken ans Fenster, dann sitzen wir nicht ganz so nahe beieinander. So. Aber der soll mich bloß nicht schon wieder ankucken. Sonst kuck ich nämlich mal. Wird er dann schon sehen, was er davon hat.
Er legt seinen dunkelgrauen Mantel ab und schiebt die Ärmel seines blauen Pullovers hoch. Seine Unterarme sind olivfarben, ein paar gemeißelte Sehnen ziehen sich vom Handgelenk bis zum Ellbogen. Als er bemerkt, dass ich das gesehen habe, gehen seine Mundwinkel ein Stück nach oben. Er streicht sich die Haare

nach hinten und kuckt mich an, als wolle er mich abnagen. Ich muss husten.

Unser Bier kommt.

»Salute«, sagt der Calabretta und nimmt einen großen Schluck. Der Inceman und ich trinken, ohne was dazu zu sagen.

»So«, sagt der Calabretta und stellt sein Glas wieder vor sich auf den Tisch, »was ist mit den Immobilienleuten?«

Der Inceman beschreibt mit seinem Bierglas kleine Wasserkreise auf dem Holztisch, während er erzählt: Er war gestern bis spät in der Nacht im Netz unterwegs. Er hat Anti-Gentrification-Blogs durchforstet und sich in Foren rumgetrieben. ToftingInvest, die dänische Immobilienfirma, die das Tucker-Haus gekauft hat, ist da offensichtlich ganz gut Thema. Die reißen sich Häuser in allen europäischen Großstädten unter den Nagel, bevorzugt sanierungsbedürftigen Jugendstil mit älteren Mietern. Und dann gehen sie im Prinzip immer nach dem gleichen Schema vor. Sie mobben die Mieter aus dem Haus. Es wird nichts mehr repariert, manchmal fällt im Winter plötzlich die Heizung aus, ab und an kann es auch passieren, dass nachts ein Fenster eingeschmissen wird. Wenn Mieter ausziehen, wird die Wohnung nicht neu vermietet, sondern Junkies und Obdachlosen überlassen. Und wer so hartgekocht ist, dass ihn das alles nicht juckt, wer seine Wohnung trotzdem nicht verlässt, der bekommt schon mal Droh-Besuch von einem offensichtlichen Schlägertrupp. Die tun den Mietern zwar wohl nie

was, verbreiten aber natürlich ordentlich Angst. Sobald ein Haus dann endlich mieterfrei ist, wird billig und schnell saniert. Kleine Wohnungen werden zu größeren zusammengelegt und dann für viel Geld verkauft.
Die Gegner dieser brutalen Methoden sind ganz gut organisiert, sie haben ToftingInvest auf ihrer schwarzen Liste und die Firma schon ein paarmal wegen Nötigung bei den Staatsanwaltschaften in den jeweiligen Großstädten angezeigt. Aber der Firma konnte bisher nichts nachgewiesen werden. Wobei die Ermittlungen teilweise verdächtig schnell eingestellt wurden oder im Sande verlaufen sind.
»Das klingt ja widerlich«, sage ich.
Unser Essen kommt.
Ich kriege keinen Bissen runter.

TANZENDE TÜRME

★ ★ ★

Croissant?«, fragt Carla und hält eines ihrer dicken portugiesischen Eierhörnchen in die Höhe.
»Ja, bitte«, sage ich, schütte Zucker in meinen Milchkaffee und fange an zu rühren.
Sie legt das Hörnchen auf einen Teller, stellt den Teller neben meinem Kaffeeglas ab und zieht sich einen Espresso aus der Maschine.
Sie trinkt ihn in einem Zug aus, dann holt sie Luft, kuckt mich an und hält sich an der Tasse fest.
»Ich werde das Kind nicht kriegen«, sagt sie.
Irgendwie hab ich mir das fast gedacht.
»Bist du sicher?«, frage ich.
»Absolut sicher«, sagt sie.
»Du wärst eine tolle Mutter.«
»Nein, wäre ich nicht«, sagt sie. »Ich hab doch viel zu viel mit mir selbst zu tun. Ich bin eine egozentrische Gans.«
»Erstens bist du das nicht, zweitens hört das auf, wenn man ein Kind bekommt«, sage ich.

Sie antwortet nicht. Und das heißt: Was weißt du denn davon?
»Hab ich so gehört«, sage ich.
Sie schickt mir einen ihrer harten Blicke. Sie hat nur ganz wenige davon, aber das war eben einer.
»Okay«, sage ich, »okay.«
Sie reibt sich die Augen. Das alles scheint sie wahnsinnig anzustrengen. Das Schwangersein und bald nicht mehr schwanger sein.
»Kommst du mit?«, fragt sie.
»Klar«, sage ich. »Wann?«
»Nächste Woche«, sagt sie, »Mittwoch. Ich soll um zehn in der Tagesklinik sein.«
Ich trinke meinen Kaffee und beiße in mein Hörnchen, aber es schmeckt mir nicht. Vielleicht sollte ich ein bisschen husten.
Als ich damit durch bin, merke ich, dass Carla immer noch da steht, wo sie eben stand. Sie hat sich während meines Hustenanfalls keinen Zentimeter bewegt. Und sie sieht mich an.
»Du musst jetzt nicht sagen, dass sich das schlimm anhört«, sage ich, »ich weiß das auch so.«
»Sage ich ja gar nicht«, sagt sie. »Was machst du eigentlich im Moment sonst so außer husten? Ich hab dich lange nicht mehr gefragt, wie's dir geht, oder?«
»Du hast genug Sorgen«, sage ich, »da brauchst du nicht meine auch noch.«
»Hast du denn welche?«
Ich zucke mit den Schultern. »Sorgen nicht«, sage ich. »Ich mach mir eher Gedanken.«

Carla runzelt die Stirn.
»Ich mach mir Gedanken um unsere Stadt«, sage ich. »Es läuft doch was schief, wenn Menschen ihre Häuser verlassen müssen, damit Immobilienfirmen mehr Geld machen können. Und wenn eine Regierung offensichtlich nichts tut, um so was zu stoppen.«
Carla kommt hinter ihrer Theke hervor, stellt sich dicht neben mich und streicht mir über die Haare.
»Liebes«, sagt sie, »wo lebst du eigentlich? Es gibt keinen Ort auf der Welt, auf dem nicht das Geld mächtiger wäre als die Menschen. Du bist manchmal echt süß.«
Ich bin nicht süß. Ich bin sauer. Ich lebe in einer altmodischen sozialromantischen Nische. Und ich habe überhaupt keine Lust, da rauszukommen.

☆

In meinem Büro in der Staatsanwaltschaft fühle ich mich immer wie die Bären in Hagenbecks Tierpark. Eingesperrt, aber gemütlich. Und so wie die Bären aus Langeweile ihre Beine ins Badewasser halten, fange ich an, in meinen Akten zu blättern.
Hamburg hat sich mit Kapitalverbrechen in letzter Zeit ziemlich zurückgehalten. In meinen Akten geht es relativ unaufgeregt zu. Ein Eifersuchtsdrama. Ein kleiner Bandenkrieg mit ein paar Opfern in der unteren Hierarchieebene. Zwei Prostituierte, die ihren Zu-

hälter umgelegt haben. Nichts Verzwicktes, nichts Großes. Ich sortiere den Ermittlungsstand im Mord an den Tuckers und mache ein bisschen Ablage. Draußen im Park wird aus Grün langsam Braun. Die Bäume haben schon längst ihre Blätter abgeworfen, demnächst macht auch der Rest die Augen zu.

Mein Telefon klingelt. Der Faller ist dran.

»Hey, alter Freund«, sage ich.

»Moin«, sagt der Faller.

»Na, was machen die Ermittlungen, Detective?«

»Geht voran«, sagt der Faller. »Und bei Ihnen?«

»Sie kennen ja den Calabretta«, sage ich, »unspektakulär, aber hartnäckig.«

»Jaja«, sagt er, »der gute Calabretta. Spielt nicht für die Tribüne, unser Freund. Was macht Ihr Husten?«

»Ähnlich«, sage ich, »unspektakulär, aber hartnäckig.«

»Wenn's schlimmer wird, gehen Sie aber zum Arzt, ja?«

»Wenn's schlimmer wird, kann ich mich einsargen lassen«, sage ich.

Der Faller sagt nichts. Ich höre, wie er sich eine Zigarette anzündet. Ich zünde mir auch eine an und muss husten.

»Haben Sie schon irgendwelche Zeugen?«, fragt der Faller, und er fragt das auf eine sehr merkwürdige Art, er hört sich an wie ein drittklassiger Fernsehreporter. Da stimmt was nicht.

»Waren Sie schon in der Roten Flora?«, frage ich.

Der Faller zieht an seiner Zigarette. Ich weiß genau, wie er jetzt kuckt. Wie ein Cowboy, der vom Pferd gefallen ist.

»Sie können uns das ruhig sagen, wenn Sie mit Zeugen oder Verdächtigen sprechen«, sage ich. »Und wie sind Sie eigentlich auf die Flora gekommen?«
Der Faller schweigt.
»Ich muss jetzt auflegen, Chastity.«
»Moment mal«, sage ich, »Sie können nicht so einfach …«
Der Faller kann. Es klickt, und dann tutet es.
Ich glaub, es hackt. Ich glaub, der spinnt. Was sollte das denn eben?
Jetzt wäre es von Vorteil, wenn ich auf den Faller wütend sein könnte. Kann ich aber leider nicht. Mein Ärger bleibt drin, rattert vor sich hin und fühlt sich an wie ein Piranha, der sich verzweifelt in meinem Brustkorb windet.

☆

Weil heute weder Nebel noch Nieselregen vom Himmel fällt, gehe ich am Abend durch die Wallanlagen nach Hause. An der Mauer, die den Park vom Untersuchungsgefängnis trennt, stehen wie immer um diese Tageszeit die, die draußen sind, und reden mit denen, die drinnen sind. Meistens stehen hier draußen die Frauen, die ihren Männern da drinnen von ihrem Alltag erzählen. Von dem, was die Männer nicht mehr mitkriegen. Sie rufen es rüber zu den geöffneten Fenstern, da stehen dann die Typen hinter ihren Gittern und rufen zurück. Bei manchen scheint das ewige Gerufe von Knastfenster zu Park eine derartige Selbstverständlichkeit zu sein, dass sie so auch die üblichen Streitereien austragen, die zwischen Paaren eben üblich sind. Wenn man eh schon schreit, kann man sich ja auch gleich anbrüllen:

»Dein Cousin hat mir heute die Waschmaschine angeschlossen!«

»Hast du ihm schöne Augen gemacht?!?«

»Er hat mir nur die Waschmaschine angeschlossen!«

»Ich weiß doch, dass du jedem schöne Augen machst! Du Miststück!«

»Dein! Cousin! Hat! Mir! Nur! Die! Waschmaschine! Angeschlossen! Und jetzt beruhig dich gefälligst wieder!«

»Bring mir Tabak mit, wenn du mich am Wochenende besuchst!«

»Schrei mich nicht immer so an!«

»Was soll ich denn sonst machen?!?«

So geht das da den ganzen Abend. Bis die Fenster zugemacht werden müssen.

Ich laufe an der kompletten Längsseite der JVA entlang, und plötzlich tut's mir leid, dass ich den Weg durch die Wallanlagen genommen habe. Zu dieser Jahreszeit, im Spätherbst, ist ein öffentlicher Park eine deprimierende Angelegenheit. Die Enten sind weg, irgendwo im Winterquartier. Das Wasser ist teilweise abgelassen. In den Becken steht nur noch ein bisschen Schlamm. Bäume sehen ja im Herbst sowieso schon traurig aus, aber ohne Wasser und Enten zu ihren Füßen sehen sie aus wie tot. Und dann auch noch das aufdringliche Gestreite an den Knastfenstern. Ich sehe zu, dass ich Land gewinne, und dann taucht am Horizont die Skyline von Sankt Pauli auf. Ja, wir haben neuerdings eine Skyline. Da ist ein Turm, in dem jede Menge Büros leer stehen. Und dann noch der Turm, in dem dieses durchgeknallt geschmacklose Hotel untergebracht ist.

Demnächst kommen noch mehr Türme dazu. Wir kriegen jetzt nämlich tanzende Türme auf Sankt Pauli. Zwei Hochhäuser, die so heißen, weil es aussieht, als würden sie sich umarmen. Eine von diesen nutzlosen Kopfgeburten von Architekten, die Altbauten eklig finden. Nebenbei machen die tanzenden Türme aus einem echt hübschen parkartigen Grünstreifen, der direkt neben ihnen liegt, eine schlimme dunkle Ecke. Weil sie so groß sind und ihrer Umgebung alles Licht wegschlucken. So große Häuser stehen sonst auf Sankt Pauli nicht.

Neulich hat mir jemand erzählt, was Adolf Hitler mit Sankt Pauli vorgehabt hat, nach dem gewonnenen Krieg: plattmachen. Dann große, mächtige Bauten hinstellen, die zu nichts gut sind. Die einfach nur von der Größe ihres Erbauers künden. Vielleicht sollte man das mal den Leuten erzählen, die hier gerade bauen wie die Wilden. Vielleicht merken sie dann was. Tanzende Türme. So ein Schwachsinn. Niemand hier braucht tanzende Türme. Tanzende Türme, in die Büros und ein Hotel einziehen sollen. Wir haben auf Sankt Pauli schon jede Menge leerstehende Büros und

jede Menge Hotels. Wir brauchen nicht noch mehr davon. Wir brauchen Wohnungen.
Ich zünde mir eine Zigarette an und denke mir, dass die Typen, die hier unbedingt tanzende Türme haben wollen, einfach mal drei Bier und vier Schnaps trinken sollten. Dann können sie sich die Türme ankucken, die wir schon haben. Irgendwann fangen die bestimmt an zu tanzen.

FLORA

☆ ☆ ☆

»Moin, Chef.«

Der Calabretta klingt zackig und wach.

Ich hab letzte Nacht viel gehustet. Ich dachte gestern Abend, wenn ich so viel Wodka Tonic wie möglich trinke, kann ich besser schlafen. Irgendwie ist mein Plan nicht aufgegangen.

»Wie spät ist es?«, frage ich.

»Kurz nach neun«, sagt der Calabretta. »Hab ich Sie geweckt?«

Ich eiere in die Küche, Kaffee machen.

»Was gibt's denn?«, frage ich.

»Ich habe gerade mit dem Kollegen Kessler gesprochen«, sagt er. »Seine Leute haben in der Tucker-Wohnung nichts wirklich Aufregendes gefunden. Außer ein paar winzigen Hinweisen, die unsere Vermutung bestätigen. Zwar nicht einwandfrei bestätigen, aber sie, na ja, zumindest unterstützen.«

»Die Spuren zur Flora wurden gelegt«, sage ich.

»Ja …«, sagt der Calabretta, »… sieht schon danach aus.«

Ich schraube meine Espressokanne auf, lasse ein bisschen Wasser reinlaufen, schütte Kaffee in das kleine Sieb und jede Menge nebendran, schraube den Apparat zu, stelle ihn auf die Platte und mache den Herd an.
»Ich schicke die Kollegen Brückner und Schulle nach Wilhelmsburg«, sagt der Calabretta. »Die beziehen da ab jetzt rund um die Uhr Stellung und drehen jeden Stein um. Vielleicht erwischen sie doch noch einen aus der Obdachlosen-Gang, die im Tucker-Haus übernachtet hat. Wir brauchen einen Zeugen.«
»Die Ärmsten«, sage ich.
»Ach, die Jungs können ein bisschen Tristesse ganz gut ab«, sagt er, »keine Sorge.«
»Ich mach mir keine Sorgen«, sage ich. Ich bin nur ganz froh, dass ich meine Tage nicht in Wilhelmsburg verbringen muss.
»Wir sprechen uns«, sagt der Calabretta.
Ich trinke meinen Kaffee mit ein bisschen Milch und viel Zucker, gehe in die Dusche, huste den Putz von den Wänden meiner Wohnung und schleppe mich in die Staatsanwaltschaft.

☆

Es ist ja merkwürdig. Wenn Klatsche anruft, fängt immer noch etwas in mir an zu flattern. Nur ganz leicht und nur sehr heimlich, aber es flattert. Dabei geht das jetzt doch schon so lange, dass er anruft. Wir kennen

uns seit Jahren, und seit Jahren sind wir auch mal mehr und mal weniger so was Ähnliches wie ein Paar. Ich nenne es lieber: Verbündete.
Carla hat mich irgendwann im letzten Frühling gefragt, ob ich eigentlich in Klatsche verliebt bin. Ich hab gesagt, dass ich nicht der Typ bin, der verliebt ist.
Ich gehe ran.
»Mäuschen!«
»Wenn du mich noch ein einziges Mal so nennst, lasse ich dich verhaften«, sage ich.
»Ich mach mir vor Angst in die Hosen, Frau Staatsanwältin«, sagt er. »Wie geht's meinem Mädchen heute?«
»Hab schlecht geschlafen«, sage ich.
»Du hättest gerne rüberkommen können«, sagt er.
Ich weiß. Irgendwie war mir nicht danach.
»Sehen wir uns heute Abend?«, frage ich.
»Wenn du Bock hast, auf meiner kleinen Baustelle in der Blauen Nacht rumzusitzen«, sagt er. »Ich komm da die nächsten Abende nicht raus.«
»Muss ich mal kucken«, sage ich.
»Du musst vor allem mal in die Rote Flora kucken«, sagt er.
»Wie kommst du denn darauf?«
Wissen eigentlich alle in dieser Stadt, in welcher Richtung wir so am Ermitteln sind?
»Mich hat ein Mädel angerufen«, sagt er, »die kenn ich noch von früher, und die weiß, dass wir uns kennen. Sie will dich sprechen.«
»Aha.«
Ach so.

»Und zwar nur dich. Wenn du mit deinen Kripo-Jungs kommst, sagt sie nichts. Aber wenn du dich alleine mit ihr triffst, hätte sie eine Info für euch.«
»Was glaubst du?«, frage ich.
»Hingehen«, sagt Klatsche. »Ist eine nette Frau, echt.«
»Okay. Hat sie gesagt, wo und wann sie mich treffen will?«
»In zwei Stunden im Schanzenviertel. Auf dem Spielplatz hinter der Flora. Sie sagt, sie wüsste, wer du bist. Sie wird dich ansprechen.«
Ich lehne mich auf meinem Schreibtischstuhl zurück, schaue durch mein Bürofenster in der Staatsanwaltschaft auf die blätterlosen Bäume im Park. Unten auf der Straße donnern die Autos vorbei. Mir ist für einen kurzen Moment, als könnte ich jedes einzelne Auto hören. Alte Autos, neue Autos, schnelle Autos, langsame Autos, kleine Autos, große Autos, aufgemotzte Schleudern, Familienkutschen – und hier und da ein kaputter Auspuff.
Ich stehe auf und gehe mir einen Kaffee holen. Aber die Automelodie setzt sich irgendwie in meinem Kopf fest und lässt mich nicht mehr los.

☆

Direkt neben der Roten Flora steht ein Haus, und dieses Haus steht leer. Es ist ein schönes Haus. Altbau mit Stuck in den Wohnungen und Stuck an der Fassade. Sogar ein Türmchen hat das Haus. Ist schon eine Weile her, dass das Haus renoviert worden ist. Seitdem sind die Wohnungen nicht wieder vermietet worden. Der Vermieter wartet angeblich, bis die sowieso schon pervers hohen Mieten im Schanzenviertel noch mehr steigen. Neulich ist es ein paar von den Leuten, die hier und in den anderen Innenstadtvierteln nach bezahlbaren Wohnungen suchen, zu blöd geworden. Sie haben das Haus besetzt. Alle fanden das richtig. Trotzdem kam nach kurzer Zeit die Polizei und hat das Haus geräumt. Ich kann nur sagen: Ich hätte das nicht angeordnet. Und jedes Mal, wenn ich an diesem leeren Haus vorbeikomme, werde ich wütend auf alle, die da irgendwie dahinterstecken. So was ist doch eine Schande für eine Stadt.

☆

Ein Spielplatz also. Nicht unbedingt der Ort, an dem ich mich souverän fühle. Da würde mir ein dunkles Loch im Keller der Flora noch eher entsprechen. Kinder machen mich nervös. Sie sind sprunghaft und gefühlvoll, sie trinken und rauchen nicht. Sie sind mein Gegenentwurf. Aber vielleicht liegt es auch daran, dass ich mich nicht daran erinnern kann, wie es war, ein Kind zu sein. In meinem Gehirn ist alles geschwärzt, was in meiner Kindheit liegt. Ich weiß das so gut, weil ich es selbst gemacht habe.

Ich setze mich auf eine verwitterte Holzbank am Rand der Sandkiste. Der Himmel droht heute schon den ganzen Tag mit, ich würde mal sagen: Eisregen. Es sind nur wenige Kinder da. Zwei Jungs kloppen sich um die Rutsche. Ein Mädchen liegt im Sand auf dem Rücken. Sie fährt mit ihren gestreckten Armen im Sand auf und ab, dann steht sie auf, betrachtet das Ergebnis und freut sich. Sie hat einen Engel in die Sandkiste geschubbert. Ein vielleicht zwei Jahre altes Kind ist in einer der Babyschaukeln eingeschlafen. Seine Mutter kommt auf mich zu. Sie ist klein und schlank und trägt eine enge Jeans, aber unter ihrem schwarzen Totenkopf-Pulli wogt ein beachtlicher Busen. Ihre kinnlangen Haare sind braun und flusig. Nicht direkt eine Rastageschichte, aber mit der Bürste hat sie's, glaub ich, nicht so. Sie hat ein hübsches, katzenhaftes Gesicht und eine olivfarbene Haut. Unterlippe und linke Augenbraue sind gepierct. Ihre Füße stecken in für dieses Mistwetter viel zu dünnen roten Turnschuhen.
Sie setzt sich neben mich auf die Bank, fummelt eine Packung Tabak aus ihrer hinteren Hosentasche und fängt an, sich eine Zigarette zu drehen. Dabei sieht sie mich von der Seite an.
»Frau Riley?«
Ich nicke. »Und Sie?«
»Die Mama von Moses«, sagt sie und grinst. »So ist das auf Spielplätzen. Da ist man nur noch die Mama von …«
»Haben Sie ja schlau eingefädelt«, sage ich.

»Ich weiß«, sagt sie und zündet sich ihre Zigarette an. Ich genehmige mir auch eine.

»Klatsche sagt, Sie würden gerne eine Information loswerden.«

Sie zieht an ihrer Zigarette und beobachtet ihren schlafenden Sohn in der Schaukel.

»Keiner von uns«, sagt sie, »hat was mit dem Mord an den beiden alten Amis zu tun. Keiner, das schwöre ich.«

»Wer dann?«

»Sagt Ihnen der Name Hieronymus Schlindwein was?«, fragt sie.

Irgendwas klingelt bei dem Namen in meinem Kopf, aber ich weiß nicht, wo.

»Helfen Sie mir mal«, sage ich.

»Schlindwein ist der Architekt, der vor ein paar Jahren die Flora gekauft hat«, sagt sie.

»Ach ja«, sage ich. »Der lässt euch aber doch komplett in Ruhe, oder?«

»Er lässt uns in Ruhe«, sagt sie. »Trauen kann man ihm trotzdem nicht.«

Das ist aber noch lange kein Grund, jemanden anzuschwärzen.

»Glauben Sie, Schlindwein hat was mit dem Mord an den Tuckers zu tun?«, frage ich und huste ein bisschen in meinen Mantelärmel.

»Nein«, sagt sie. »Aber ich weiß, dass er das Haus in Wilhelmsburg kaufen wollte. Und dass er's nicht gekriegt hat.«

»Woher wissen Sie das?«

Sie zieht die Augenbrauen hoch und zuckt mit den Achseln.
Moses wacht auf und fängt an zu weinen.
»Ich muss dann mal wieder«, sagt sie, geht zur Schaukel, holt ihren Sohn da raus und verschwindet hinter ein paar Büschen auf dem Weg, der zum Seiteneingang der Flora führt. Die Flora, dieses bunte, alte Gebröck. Der Haupteingang ist schon lange nicht mehr zu gebrauchen. Ich glaube, der ist so was Ähnliches wie zugemauert. Davor, auf der schmutzigen Showtreppe, ist eine Art innerstädtischer, kostenloser Campingplatz – da kann man sich einfach hinlegen und schlafen. Am besten geht das natürlich, wenn man ordentlich einen im Kahn hat. Ich weiß nicht, wie oft ich schon ein Stückchen entfernt von der Flora stand und mir den Schlafplatz vor dem Portal angeschaut habe. Es fällt mir einfach schwer, nicht hinzuschauen, wenn ich da vorbeigehe, und ich gehe da schon häufiger vorbei. Die hängen da dann immer in Vierer- oder Fünfergrüppchen rum, mal ein paar Leute mehr, mal ein paar Leute weniger. Sie sitzen und liegen und stehen auf der Treppe, und wenn sie nicht schlafen, diskutieren oder schimpfen sie. Und auch, wenn die Flora so ein buntes Tier ist, diese paar Meter auf ihrer Fronttreppe erscheinen mir unendlich grau. Die Flora-Camper haben im Laufe der Jahre offensichtlich all ihre Farbe eingebüßt. Oder sie haben sie einfach an die Flora abgegeben, weil sie selbst keine Farbe mehr brauchen. Manchmal wird da auch getanzt, dann schlingert einer so im Harald-Juhnke-Gang die Stufen runter. Aber

nur ein kleines Stück. Nie ganz bis zur Straße. Als würde auf der Straße irgendwas lauern, vor dem sie sich auf der Treppe schützen wollen. Ich tippe auf die anderen Menschen

Hieronymus Schlindwein. Das ist einer von diesen Typen, von denen jeder Hamburger schon mal was gehört hat, aber so richtig weiß irgendwie keiner was. Architekt. Kauft alte Gebäude. Ich hab, glaub ich, mal gehört, dass er dafür kämpft, dass hier weniger abgerissen wird. Bin mir aber nicht sicher. Hm.

Ich bleibe noch ein bisschen auf der Schaukel sitzen und kucke mir die Kinder an.

Die beiden Jungs an der Rutsche haben ihre Klopperei beendet. Der eine sitzt im Sand und blutet aus der Nase. Der andere steht oben auf der Leiter und lacht. Da steht der mit der blutigen Nase auf und geht zu dem Mädchen, das drei Meter weiter immer noch Engelabdrücke in den Sand rudert, sie ist schon bei der dritten Figur. Er stellt sich dicht neben sie, sagt irgendwas, und dann tritt er ihr mit voller Kraft in die Seite.

Es ist, wie es ist: Die Kinder von heute sind die Arschlöcher von morgen.

☆

Das ist doch wirklich ein Kaff hier. Da kann man seinen Krempel einfach auf die Straße stellen, während man renoviert, und nichts kommt weg.

Ich kämpfe mich durch eine Armee von kaputten Bier- und Schnapsflaschen: alle auf dem Hans-Albers-Platz zerschellt. Am Ende des Platzes, hinten links, direkt vor der *Blauen Nacht,* stehen Stühle, Tische, Barhocker und Eckbänke in der Dämmerung. Aus dem Laden kommt eine gigantische Staubwolke. Auf der ranzigen Steintreppe stehen ein paar alte Farbeimer und Rocco Malutki. Er hat eine Gasmaske auf, einen Blaumann an und etwas in der Hand, das eine Schleifmaschine sein könnte. Aber auch ein Mordinstrument. Oder ein perverses Sexspielzeug.

»Was hast du vor?«, frage ich.

Er röchelt wie Darth Vader, schmeißt die Maschine an und hält sie in die Luft, als wäre sie ein Laserschwert.

»Möge die Macht mit dir sein«, sage ich und versuche, mich an ihm vorbeizuschieben.

Er geht die Treppen runter und knöpft sich den ersten Tisch vor. Sofort wirbelt der Holzstaub. Es ist eine Schleifmaschine. Ich muss husten und gehe lieber schnell rein. Drinnen wirbelt der Hausstaub. Klatsche ist dabei, aus der kleinen Kammer, in der Ali damals Heiner Matzen versteckt hat, alles rauszureißen. Regale, Tapeten, kaputte Polizeiuniformen, uralte Geschichten und Gerüche. Das Zeug fliegt Stück für Stück durch den Raum. Ich sehe immer nur Klatsches rechten Arm, der ein Teil nach dem anderen hinter sich feuert. Und jedes Mal, wenn so ein Teil auf dem Boden landet, steigt von da eine Wolke aus Putz und Staub auf. Klatsche kriegt nicht mit, dass ich hinter ihm im Raum stehe. Joe Strummer singt zu laut. Ich gehe zu der klei-

nen, völlig verdreckten Kompaktanlage, die auf dem zugemüllten Tresen steht, und drehe die Musik leiser.
»Rocco, du Pappnase! Was soll der Scheiß? Ich will The Clash hören …!«
Klatsche windet sich aus der Kammer.
»Ach, du bist's.«
Er hat weiße Farbe im Gesicht. Keine Ahnung, wo die herkommt. Wenn ich das richtig sehe, wurde hier noch nichts gestrichen.
»Ich wollte nur mal sehen, wie ihr vorankommt«, sage ich.
Er legt mir den Arm um die Taille und küsst mich. Er schmeckt nach Kiez. Nach Bier und Dreck und Hafenluft.
»Ich weiß nicht«, sage ich und wische mir den Mund ab.
Klatsche lacht und küsst mich noch mal.
»Hör auf«, sage ich, »du schmeckst nach Kiez.«
»Verdammte Scheiße, ja«, sagt er und dreht die Musik wieder auf. Rock the Kasbah. Dann schreit er mich an, dass ich mir ein Bier nehmen und mitmachen soll.
»Wo ist das Bier?!?«, schreie ich.
»Hinterm Tresen!«
Ich ziehe meinen Mantel aus, schiebe meine Ärmel hoch und ziehe mir aus der verstaubten Kiste Astra hinter der Theke eine Flasche. Klatsche verschwindet wieder in seinem Kabuff und schmeißt weiter altes Zeug nach draußen. Ich schnappe mir einen Besen und fange an, alles zusammenzufegen und in den kleinen Container vor der Tür zu werfen. Neben dem

Container steht Rocco an den alten Holzmöbeln und schleift sich die Seele aus dem Leib, im Glanz der Neonlichter auf dem Hans-Albers-Platz. Ich wieder rein, fegen, wieder raus, wegwerfen. Geht gut.
Das mache ich vielleicht eine Stunde lang, ich weiß es nicht genau. Ich vergesse die Zeit. Ich vergesse mich. Meinen Rahmen, meinen Kopf, meinen Beruf, alles, was mich zusammendrückt. Am Ende hab ich sogar mich beiseitegefegt, zumindest das, was ich so als Ich vor mir hertrage. Da ist nur noch eine Frau mittleren Alters mit einem Besen in der Hand, und die Frau schwitzt. Die Frau ist zufrieden.
Ich sollte bei einer Entrümpelungsfirma anheuern.
Joe Strummer singt immer noch, Klatsche hat offensichtlich auf *repeat* gestellt. Ich setze mich auf den nicht sehr sauberen, aber auch nicht mehr so wahnsinnig schmutzigen Fußboden und zünde mir eine Zigarette an.
Klatsche kommt aus der Kammer.
»Kammer ist leer«, sagt er und setzt sich neben mich. »Kann ich bitte eine Zigarette haben?«
Ich zünde ihm eine an und stecke sie ihm in den Mund.
»Du machst alles richtig«, sage ich. »Tut mir leid, dass ich immer so schwer zu begeistern bin.«
Er grinst nur und raucht und legt mir die Hand aufs Knie.
So sitzen wir eine Weile, eine Zigarettenlänge lang. Dann drücke ich meine Kippe aus, gebe ihm einen Kuss auf die schmuddelige Wange und stehe auf.
»Bis später«, sagt er.

»Bis später«, sage ich, »ich lass dir ein Licht an.«
So machen wir das schon lange. Wenn der andere noch vorbeikommen darf, bleibt ein Licht an, das man von der Straße aus sehen kann.
Ich nehme meinen Mantel, gehe nach draußen und ziehe die kühle Luft ein. Klatsche bleibt sitzen, ich spüre seinen Blick in meinem Nacken, und das fühlt sich sehr verbindlich an.
Rocco Malutki hat sich mit seiner Maschine inzwischen bis zur Stirnseite des Platzes vorgearbeitet. Der Himmel hat aus unerfindlichen Gründen in der letzten halben Stunde aufgeklart und den Mond freigegeben. In seinem kalten Licht sieht es zugleich schaurig und schön aus, wie Rocco die Bronzestatue von Hans Albers mit der Schleifmaschine bearbeitet. Keine Ahnung, warum er das tut. Wahrscheinlich, um Geld zu verdienen. Das Ausgehvolk, das so langsam den Platz füllt, hält es nämlich offensichtlich für Kunst und legt ihm jede Menge auf dem Pflaster glitzernde Euro-Stücke zu Füßen.

LA BOHÈME

★ ★ ★

Das Architekturbüro Schlindwein sitzt im siebten Stock in der Hafen-City. In einem weißen Hochhaus an der linken Flanke der Magellan-Terrassen. Repräsentativer Schuppen. Womöglich hätte ich doch vorher anrufen sollen. Aber mir war heute Morgen ein bisschen nach James Bond. Schick reingehen, elegant agieren, fertig. Ich nehme die Drehtür und den Aufzug, und dann stehe ich vor einer Milchglastür ohne Aufschrift.

Das muss es sein. Sonst ist hier nichts.

Ich drücke auf den Klingelknopf. Weiß auf schwarzem Grund. Die Tür geht sofort auf, was ich irritierend finde. Ich hatte damit gerechnet, dass ich zumindest erst mal gefragt werde, was ich denn bitte schön hier will.

Der Teppich unter meinen Füßen ist dunkelgrau und so weich, dass es durchaus Samt sein könnte. Die Wände des Flurs sind weiß, rechts von mir steht eine ebenfalls dunkelgraue, glänzende Küchenzeile mit zwei sehr dezenten Herdplatten, einem Kühlschrank und drei Espressokannen in drei verschiedenen Größen. Es gibt keinen Empfang oder so was. Alles muss sich am Ende des Flurs befinden, da ist noch eine Milchglastür, dahinter werden sie sitzen, Schlindwein, seine Mitarbeiter, vielleicht eine Sekretärin. In diesem gedämpften Flur hier fühlt es sich allerdings an, als wäre niemand hier. Jetzt geht die Tür auf. Heraus kommt ein hemdsärmeliger Typ, eher groß als klein, eher schlank als dick, weder blond noch dunkel. Keine großartige Erscheinung. Nur seine kleinen Augen, die blitzen mir schon aus ein paar Metern Entfernung die Fassung weg. Als würde da ein kristallines Wesen im Durchschnittsmann-Kostüm auf mich zukommen. Das Neonlicht in seinen Augen ist so heftig, das frisst sogar sein wirklich nettes Lächeln.

»Guten Tag!«, sagt er.

Er bleibt vor mir stehen, Hände in den Hosentaschen. Er blitzt mich an. Ich müsste ein gutes Stück größer sein als er, aber es fühlt sich nicht so an.

»Herr Schlindwein?«, frage ich.

»Richtig!«

Blitz.

»Und mit wem hab ich das Vergnügen?«

»Chastity Riley, Staatsanwaltschaft Hamburg«, sage ich.

»Aha!«

Blitz.

»Hausdurchsuchung, hm?«

Er lacht sich scheckig.

»Nein«, sage ich, »ich will nur mal mit Ihnen reden.«

»Worüber denn?«

Blitz, blitz.
»Über ein Haus in der Dratelnstraße in Wilhelmsburg«, sage ich.
»Ah ja.«
Er presst die Lippen aufeinander, nimmt die Hände aus den Hosentaschen, verschränkt sie hinter seinem Rücken und wippt auf den Zehenspitzen einmal vor und zurück.
»Würden Sie mit mir einen Kaffee trinken gehen?«, frage ich. »Dann könnten wir in Ruhe reden.«
»Ich hab jetzt keine Zeit«, sagt er und steckt die Hände wieder in die Hosentaschen. Es blitzt. »Aber gehen Sie doch heute Abend mit mir in die Oper. Ich habe zwei Karten, und meine Begleitung ist ausgefallen. In der Pause können wir reden.«
Jetzt sage ich: »Aha.«
»La Bohème, schöne Inszenierung. Oder mögen Sie keine Oper?«
Er sagt das in einem Ton, der keinen Zweifel daran lässt, dass ich nur als Hochkulturfreund Informationen von ihm bekomme.
»Ich komme mit«, sage ich.
»Sehr gut! Dann treffen wir uns um halb sieben im Foyer der Staatsoper. Und jetzt entschuldigen Sie mich bitte, ich muss wieder arbeiten.«
Er dreht sich um, geht durch die Tür am Ende des Flurs und ist weg.
So richtig James-Bond-mäßig war das jetzt nicht von mir.

☆

Ich hab eigentlich keine Klamotten für solche Operngeschichten. Nur den dunklen Anzug, den ich im Gericht trage. Carla hat gesagt, ich soll mir da einfach eine Blume ranpinnen, dann geht das schon. Ich und Blume ranpinnen, genau. Ich hab mir die Haare im Nacken zum Knoten gebunden und die Lippen rot angemalt. Das muss reichen.
»Da sind Sie ja. Schön.«
Hieronymus Schlindwein nimmt mir meinen Mantel ab, bevor ich piep sagen kann, und dann fasst er mich am Unterarm und führt mich ein paar Treppen runter zur Garderobe. Er trägt auch einen dunklen Anzug. So wie ich und ganz viele andere hier. Die Hälfte der anderen trägt dazu noch Perlenketten, und ihre Anzüge sind zwar offiziell Kleider, sehen aber alle aus wie Anzüge.
Wir stellen uns an. Die Garderobenfrauen sind sehr freundlich, ich würde ihnen gerne Trinkgeld geben, komme aber nicht dazu.
»Lassen Sie uns nach oben gehen, wir trinken noch was.«
Hieronymus Schlindwein führt mich die Treppen wieder hoch, er zeigt unsere Karten vor, dann noch mal ein Stockwerk nach oben, und jetzt fühle ich mich endgültig wie abgeführt.
»Sie sehen nicht aus wie jemand, der Sekt trinkt«, sagt er, als er uns an einer runden Bar bremst und wir zum Stehen kommen.
»Richtig«, sage ich.
»Bier?«

»Ein Wodka Tonic wäre schön.«
Es ist das erste Mal, seit wir hier sind, dass es blitzt. Vorher hatte er wohl zu viel zu tun. Man kann das Kristallgeblitze in ihm also abstellen, wenn andere Funktionen wichtiger sind. Interessant. Sah am Anfang gar nicht so aus.
Er bestellt einen Wodka-Longdrink für mich und ein Glas Rotwein für sich.
»Kommen Sie, bitte.«
Er geht mit den Getränken in der Hand ans Fenster, ich hinterher, obwohl ich so was ungern tue, jemandem nachlaufen, aber was soll ich machen.
Die Fenster des Hauptfoyers reichen bis zum Boden. Draußen glänzt das saubere innenstädtische Kopfsteinpflaster wie poliert. Der typische Hamburger Glasklotz neben der typischen Hamburger Großbaustelle glänzt auch. Über uns prangen üppige Kronleuchter aus den späten fünfziger Jahren. Tauchen das gesamte Gebäude in ein dunkelgoldenes Licht. So langsam stellt sich mein James-Bond-Gefühl von heute Morgen wieder ein. Fuck, bin ich urban.
Als es schon zum zweiten Mal klingelt, gehen wir auf unsere Plätze. Seit wir am Fenster standen, hat Hieronymus Schlindwein kein Wort mehr gesagt. Es war, als versuchte er, sich zu konzentrieren.

☆

Es geht um ein paar Künstler in Paris. Das sind arme Jungs ohne Geld und Besitz. Ein Musiker, ein Dichter, ein Maler und ein Philosoph. Zwei davon hocken kurz vor Weihnachten frierend in ihrer ungeheizten Bude, der eine versucht zu schreiben, der andere malt. Im Dachgeschoss wohnt ein Mädchen. Das Mädchen ist krank, sie hustet Blut, muss wohl Tuberkulose sein. Was man halt so hat in der romantischen Oper des 19. Jahrhunderts. Das Mädchen verliebt sich in den Dichter, und offensichtlich ist es eine große Liebe.
Je länger der Winter dauert, desto ärmer werden die Künstler. Es geht allen ziemlich dreckig. Und das Mädchen wird immer schlimmer krank, am Ende stirbt sie, obwohl einer der Künstler schnell noch seinen einzigen Mantel versetzt, um Medikamente und einen Arzt bezahlen zu können.
Es gibt eine Melodie in dieser Oper, die ist ein Wahnsinn. Jedes Mal, wenn die erklingt, laufen mir die Tränen runter, und die Melodie erklingt eigentlich dauernd.
Und dann sieht auch noch das Bühnenbild aus, als wäre es ein alter Teil von Sankt Pauli, ganz kurz bevor die Abrissbagger kommen und teure Neubauten hingestellt werden.
Ich werde das Gefühl nicht los, dass es einen Grund gibt, warum ich ausgerechnet diese Oper sehe. Und dass mich hier irgendjemand weichklopfen will.

★

In der Pause hab ich versucht, mich möglichst im Dunklen zu positionieren. Ich dachte, es wäre peinlich, wenn mein Informant sieht, dass ich geheult habe.
Er hat es gesehen, und es war nicht peinlich. Denn er hat auch geheult.
Er hat gesagt: »Eine Oper, die keine Tränen mobilisiert, ist eine Scheißoper.«
Und er hat gesagt: »Der Verkauf dieses Hauses in der Dratelnstraße war nicht in Ordnung. Da hat was richtig gestunken. So.«
Er hatte sich eindringlich um das Objekt bemüht, er wollte da ein Zimmertheater aus Altona unterbringen, dessen Mietvertrag ausläuft. Er hatte dem Eigentümer, der Stadt Hamburg, ein Konzept dafür vorgelegt, und auch ein zackiges finanzielles Angebot. Er hätte ordentlich Geld dafür lockergemacht. Er hatte aber von Anfang an das Gefühl, dass der Deal schon gelaufen war. Und zwar mal wieder mit ToftingInvest, so wie viele Immobilienverkäufe der letzten Monate.
»Die pflügen hier die Stadt um«, hat er gesagt. »Das passt mir nicht. Die walzen alte Strukturen platt, lassen aber nichts Neues entstehen außer Geld. Das sind Seelenfresser.«
Seelenfresser. Ich bin nicht dahintergekommen, wo genau die Seele von Hieronymus Schlindwein sitzt, aber irgendwo hinter dem ewigen Augengeblitze gibt es eine, so viel ist sicher. Architekten setzen sich normalerweise nicht so für alte Gebäude ein. Wenn ein Architekt so was tut, ist er ein eher besonderer Architekt.

Er hat mir auch zum Abschied nicht die Hand gegeben, er hat mich wieder nur abgeführt, diesmal zum Taxi. Dann hat es noch ein letztes Mal geblitzt, und weg war er. Ich glaube, Schlindwein ist nicht unbedingt einer, der auch nur einen Moment innehält. Ich mag ihn nicht, er ist sympathiemäßig nicht mein Fall. Aber er brennt. Er scheint über eine Menge Leidenschaften zu verfügen, sich über eine Menge hinwegzusetzen. Er ist nicht gewöhnlich. Und das finde ich gut.
Ich sage dem Taxifahrer, dass er mich nach Sankt Pauli bringen soll, und schalte mein Telefon an. Sieben Anrufe in Abwesenheit, alle vom Faller. Es ist kurz nach halb elf. Ich rufe zurück, aber er geht nicht mehr ran.
Das Taxi hält vor unserem Haus, ich zahle, steige aus und schaue an der bröckeligen Jugendstilfassade mit den Millionen Graffiti hoch. Manchmal habe ich das Gefühl, dass das Haus ein bisschen schief steht. Könnte aber auch daran liegen, dass ich selten komplett nüchtern bin, wenn ich das Haus anschaue. Ich frage mich, wie lange es wohl noch hier bleiben darf.
Ich gehe schnell über die seltsam traurige Novemberstraße und schließe die Haustür auf. Die Hamburger Luft ist heute Nacht scharf wie eine Rasierklinge.

HAMBURG – ROUBAIX

☆ ☆ ☆

Die Kneipe *Zum Kicker* ist einer der wenigen Orte, die einem das Rauchen noch leichtmachen. Die mit Holz getäfelten Wände und die tiefhängende Decke sind derartig mit dem Gilb der letzten Jahrzehnte bedeckt, dass man ums Rauchen gar nicht herumkommt, wenn man es eine Weile in dieser uralten Fußballkneipe aushalten will. Der Rauch vernebelt dann auf angenehme Weise den Gilb und die Gehirne. Und viele andere schwierige Sachen. Während der kurzen Phase des absoluten Rauchverbots in der Hamburger Gastronomie kroch einem in solchen Läden vor allem ein Geruch in die Nase: Toilette. Plus Schweiß plus Bier. Da haben viele gemerkt, dass Zigaretten nicht das Schlimmste sind, was man in einer richtigen Kneipe so riechen kann. Ich glaube ja, das war der Hauptgrund, warum sie das Rauchverbot hier wieder ein bisschen gelockert haben. Die Hamburger sind eben pragmatisch.

Ich sitze an der Theke, rauche und warte auf den Calabretta. Wir kucken inzwischen manchmal zusammen die Auswärtsspiele. Über mir baumeln Wimpel von allen Clubs der Republik, die meisten sind von angestammten Zweitligisten. Die lange Wand hinterm Tresen ist mit Autogrammkarten von Sankt Paulis Spielern der letzten vierzig Jahre tapeziert. Der *Kicker* ist der Inbegriff der Eckkneipe mit einem Ball im Herzen. Es gibt ausschließlich Flaschenbier. Und wer am Samstag hier reinkommt und Bundesliga-Konferenz kucken will, läuft Gefahr, geteert und gefedert zu werden. Hier wird der FC Sankt Pauli gekuckt und sonst gar nichts.

Der alte Herr neben mir trägt einen Kamelhaarmantel und eine dunkelblaue Strickmütze. Er informiert mich darüber, dass wir Eintracht Frankfurt heute mindestens drei zu null putzen.

»Kann sein«, sage ich, aber wir wissen beide, dass ich ihm damit nur einen Gefallen tun will.

Und auch wenn wir heute gewinnen sollten – am Ende der Saison werden wir trotzdem nicht mehr in der ersten Liga spielen, da bin ich sicher. Das sage ich natürlich nicht. Wer weiß, aus welchem Holz der Herr neben mir geschnitzt ist. Und ich will keine alten Männer verletzen.

Der Calabretta kommt rein. Er hat eine gerollte türkische Pizza in der Hand, bestellt sofort ein Bier und sagt:

»Moin, Chef.«

Ich muss husten, versuche aber, ihn dabei anzulächeln. Er schüttelt den Kopf, setzt sich neben mich und beißt in sein Lahmacun. Noch eine halbe Stunde bis zum Anpfiff.

»Lecker«, sagt er, zwischen zwei Bissen, »wollen Sie mal probieren?«
»Danke«, sage ich, schüttele den Kopf und drücke meine Zigarette in dem ASTRA-Aschenbecher aus, der vor mir auf der Theke steht. Ich bestelle mir ein Alsterwasser. Passt ja eher zu Sonnenschein. Egal. Ich liebe das blau-weiße Etikett mit dem roten Anker drauf.
»Ich war gestern in der Oper«, sage ich.
»Oh!«, sagt der Calabretta. »Wusste gar nicht, dass Sie in die Oper gehen.«
»Ich auch nicht«, sage ich.
Er zieht die Augenbrauen hoch und kaut.
»Ich hab mich da mit jemandem getroffen, der was zu erzählen wusste«, sage ich.
Er zieht die rechte Augenbraue noch etwas höher, legt sein Lahmacun zur Seite und wischt sich mit einer dünnen weißen Papierserviette den Mund ab.
»Hieronymus Schlindwein«, sage ich, »kennen Sie den?«
»Ist das nicht der Typ, dem die Flora gehört?«
Ich nicke und nehme einen Schluck von meinem Alsterwasser. Es schmeckt kühl und sauber und beruhigt meine Bronchien.
»Schlindwein wollte das Tucker-Haus kaufen«, sage ich, »hat es aber nicht gekriegt. Wieder mal hat er was nicht gekriegt, was er der Stadt abkaufen wollte. Weil wieder mal ToftingInvest den Zuschlag bekommen hat.«
Der Calabretta trinkt einen Schluck Bier und nickt einem Mädchen mit pinken Haaren zu, die gerade zur Tür reinkommt. Wen der alles so kennt. Ts.

»Das heißt?«, fragt er.
»Er meint, da ist was faul. Er glaubt, dass da irgendein Deal läuft.«
»Zwischen den Dänen und der Baubehörde?«
»Behörde für Stadtentwicklung«, sage ich.
»Und Umwelt«, sagt der Kamelhaarmantel neben mir. Vielleicht sollten wir leiser reden.
»Ja«, sage ich und rücke ein bisschen näher ran. »Schlindwein glaubt, dass sich da irgendwer in der Behörde ein Ferienhaus auf den Seychellen zusammenspart.«
»Pikant«, sagt der Calabretta, beißt in seine türkische Pizza und legt sie wieder zur Seite. Seine Augenbrauen sind jetzt in der Mitte zusammengezogen. Italienisches Grummeln. Er kaut, kippt einen Schluck Bier hinterher, rutscht von seinem Hocker.
»Ich geh mal eben raus«, sagt er, »telefonieren.«
Ich komme mit.
Wir gehen zwei Schritte die Rendsburger Straße hoch, dann ruft der Calabretta den Inceman an, und wir erzählen ihm alles und sagen ihm, was er machen soll und dass er vor allem vorsichtig machen soll.
Als wir wieder reinkommen, ist schon fünf Minuten gespielt.
Sankt Pauli liegt eins null zurück.

☆

Nach dem Spiel ziehen wir gemeinsam mit der Trauergemeinde aus Sankt-Pauli-Fans in Richtung meiner Straße. Die wollen zum Fanladen. Ich will nur noch nach Hause. Mich fröstelt, und ich hab fast das ganze Spiel durchgehustet. Der Calabretta sagt nichts, aber er sieht mich an, als wäre ich das tuberkulöse kleine Ding aus La Bohème.
Mein Telefon klingelt. Der Faller ist dran.
»Sie haben mich gestern sieben Mal angerufen«, sage ich.
»Sie sind nicht rangegangen«, sagt er. »Sie gehen sonst immer ran. Ich hab mir schon Sorgen gemacht.«
»Tut mir leid«, sage ich, »ich hatte zu tun.«
»Können wir uns treffen, Chastity?«
»Das wissen Sie doch, Faller.«
»Morgen?«
»Okay«, sage ich.
»Um zwei in der Haifischbar«, sagt er und legt auf.
Dem war jetzt irgendwas peinlich.
»Dem Faller ist irgendwas peinlich«, sage ich.
»Wieso das denn?«, fragt der Calabretta.
Ich bleibe stehen.
»Darf dem Faller denn nicht mal was peinlich sein?«, frage ich.
»Entschuldigung«, sagt der Calabretta, »aber nach allem, was unser alter Freund hinter sich hat, kann ihm doch gar nichts mehr peinlich sein, oder?«
Plötzlich rattert und wummert es hinter uns, als wäre da ein klappriger Panzer unterwegs.
»Madonna!«, sagt der Calabretta. »Was zur Hölle ist das denn?«

Sie sehen aus wie ein Haufen zerlumpter Piraten auf Rädern, sie tragen Schwarz mit weißen Totenköpfen auf dem Rücken oder der Brust oder den Beinen. Sie tragen schwarze Mützen oder Sturmhauben. Aber ihre Lumpen sind aus High-Tech-Material, und ihre Räder sind sehr schmal und vermutlich ziemlich wertvoll. Die meisten der Männer verdienen ihr Geld als Fahrradkuriere, im Herzen aber sind sie die Könige des Hamburger Asphalt-Ozeans.
»Fahrradpunks«, sage ich, »die coolsten Hunde der Stadt.«
Da rasen sie auch schon an uns vorbei. Sie hören sich ein ganz kleines bisschen an wie das Peloton bei der Tour de France, das Klicken der Schaltungen, das Schnurren der Räder. Aber insgesamt machen sie sehr viel gefährlichere Geräusche. Dunkle Geräusche. Sie sind das finstere Peloton. Denn hier gibt's kein Regenbogentrikot und auch keine Helme. Hier gibt's höchstens auf die Schnauze.
»Was machen die?«
Der Calabretta sieht mit seiner Flasche Astra in der Hand und seiner runtergeklappten Kinnlade im Gesicht aus wie eine Figur aus einem Schwarzweißfilm mit Jean Gabin und Lino Ventura.
»Die fahren ein Rennen«, sage ich.
»Jetzt? Es ist schon dunkel ...« Der Calabretta trinkt einen Schluck Bier. Für die Nerven. »Und hier?«
»Das ist ein 100-km-über-Kopfsteinpflaster-gegen-die-Einbahnstraße-bei-Nacht-Rennen«, sage ich.
»Ein was ...?«

»Das machen die manchmal«, sage ich. »Im Frühjahr fahren sie auch mal tagsüber, aber nur, wenn's regnet. Das Rennen heißt dann Hamburg – Roubaix.«
Der Calabretta trinkt noch einen Schluck, ich zünde mir eine Zigarette an. Mein neapolitanischer Kollege sieht richtig niedlich aus, wenn er so kindlich aufgeregt ist. Komisch. Aus Mädchen werden irgendwann Frauen. Jungs bleiben immer Jungs.
»Die kommen hier bestimmt noch mal vorbei«, sage ich. »Sehen Sie da drüben den Fahrradladen? Das ist das emotionale und technische Zentrum der Bewegung.«
Ich stecke mir meine Zigarette zwischen die Lippen, ziehe meine Mütze ein bisschen tiefer in die Stirn und muss grinsen. Ich kann den Calabretta gut verstehen. Ich bin ja auch ein großer Fan der Fahrradpunks. Brettstarke Typen.
»Wollen wir hier warten?«, frage ich.
»Auf jeden Fall, egal, was passiert«, sagt der Calabretta.
Er nimmt einen großen Schluck Bier, wischt sich den Mund ab und stellt sich kerzengerade hin.
Das hier ist vielleicht nicht der Giro d'Italia, aber mit Sicherheit eines der härtesten Radrennen der Welt.

DER ALTE MANN UND DER ALTE HAIFISCH UND DER ALTE KIEZ

☆ ☆ ☆

Die Haifischbar ist vom Scheitel bis zur Sohle so unglaublich vollgestopft mit allem, also wirklich einfach allem, was man sich vorstellen kann, dass ich hier immer Angst habe, mein Gehirn könnte platzen, wenn ich versuche, die Sachen im Kopf zu ordnen. Buddelschiffe, Modellschiffe, Gespensterschiffe, ausgestopfte Fische, Rettungsringe, Schiffsglocken, Wimpel, Flaggen, Netze, Bilder von Hans Albers und Bilder von Freddy Quinn und Bilder von Heidi Kabel. Schrumpfköpfe sind, glaub ich, nicht dabei, aber ich würde meine Hand jetzt nicht dafür ins Feuer legen.
Der Faller liebt den Laden. Er sitzt schon an einem der Ecktische, unter einer roten Laterne und einer alten Schwarzweißfotografie von einem Ozeanriesen. Auf dem dunklen Holztisch steht ein Aschenbecher in Form eines Leuchtturms.
»Ich hab Haifischsteak bestellt«, sagt er und freut sich. »Möchten Sie auch eins, mein Mädchen?«
Im Leben nicht, denke ich.

»Vielleicht später«, sage ich und bestelle mir erst mal einen Kaffee.
Der Faller kuckt mich an. Er sieht beruhigt aus und irgendwie erleichtert.
»Schön, dass Sie da sind«, sagt er.
Ich sage »jaja«, sein gefühliger Blick ist mir ein bisschen unangenehm, auch wenn mir im Grunde jedes Mal das Herz hüpft, wenn ich ihn sehe, und vor allem, wenn er mich so ankuckt. Der alte Daddy.
»Was gibt's denn so Wichtiges? Sie haben mich doch nicht wegen Haifischsteak hierherbestellt, oder?«
»Ich kann so nicht arbeiten«, sagt er.
»Wie?«
»So an Ihnen und dem Calabretta vorbei«, sagt er, »das geht nicht. Ich fühl mich beschissen.«
Ich habe für einen kurzen Moment Angst, dass er zurück in die Mordkommission will und ich ihm jetzt sagen muss, dass seinen Job inzwischen ein anderer macht.
»Keine Sorge«, sagt er, »ich will nicht zurück zur Polizei.«
Der Faller kann offensichtlich immer noch in meinem Gesicht lesen.
»Und ich bin sehr froh darüber, dass die Kollegen endlich Unterstützung haben. Wie finden Sie diesen Bülent Inceman?«, fragt er.
»Wer hat Ihnen denn erzählt, dass Ihre Stelle wieder besetzt worden ist?«
»Sie ja leider nicht«, sagt er.
»Ich konnte nicht«, sage ich.

»Und ich hab meine Quellen«, sagt er. »Los, wie finden Sie den neuen Bullen?«
Ich zucke mit den Schultern. »Weiß nicht.«
Der Faller grinst sich einen, ich glaube, er weiß besser als ich, wie ich den Inceman finde. Dann kommt sein Fisch, und er fängt an zu essen.
»Wie meinen Sie das«, sage ich, »Sie können so nicht arbeiten?«
»Ein ordentlicher Privatdetektiv teilt seinen Ermittlungsstand ja nicht mit der Polizei«, sagt er.
»Wahrscheinlich nicht«, sage ich.
»Sehen Sie. Und ich bin dann wohl kein ordentlicher Privatdetektiv«, sagt er und kaut sehr lange auf einem Stück Haifischfleisch herum.
»Was wissen Sie, Faller?«
Der Faller isst betont langsam weiter, als müsse er sich an jedem Stück dieses drögen Fischs festhalten bei dem, was jetzt kommt. Aber das ist in Ordnung. Für einen, der viel auf seine Ehre hält, ist Reden manchmal gar nicht so einfach. Schweigen ist ja grundsätzlich immer ehrenvoller und leichter zu bewerkstelligen als Reden. Deshalb halten der Faller und ich auch so gerne die Backen, wenn wir uns sehen. Das ist unsere Art, es uns gemütlich zu machen.
»Also«, sagt er.
Räuspert sich.
»Also, ich war in den letzten Tagen quasi rund um die Uhr in Wilhelmsburg unterwegs.«
»Respekt.«
Er lächelt mich kurz an.

»Ich bin da durch die Straßen marschiert, bis mir die Füße weh getan haben. Ich hab mit jedem geredet, der mit mir reden wollte, und auch die, die nicht mit mir reden wollten, haben mir irgendwann geantwortet, wahrscheinlich nur, damit ich endlich wieder weggehe. Ich kam mir vor wie einer dieser schlechten Straßenmusiker, die dafür bezahlt werden, dass sie *aufhören* zu spielen. Aber niemand hatte irgendwas gesehen oder gehört, es war zum Verrücktwerden.«

Er schaut auf seine Fingernägel.

»Bis ich diese wirklich alte Dame gefunden habe.«

Er trinkt einen Schluck von seinem Apfelsaft. Der Faller liebt Apfelsaft. Das fand ich schon immer lustig. Seit er keinen Alkohol mehr trinkt, trinkt er eigentlich nur noch Apfelsaft. Wie ein Fünfjähriger.

»Sie hat mir erzählt, dass sie spazieren geht, seit ihr Mann nicht mehr lebt. Sie geht seit sieben Jahren spazieren, sechzehn, achtzehn, zwanzig Stunden am Tag. Nur zum Schlafen ist sie zu Hause, aber sie sagte, sie schläft nicht mehr besonders viel, manchmal schläft sie gar nicht. Sie glaubt, dass sie schneller stirbt, wenn sie aufhört, spazieren zu gehen, und anfängt zu schlafen. Sie ist clever, sie rennt dem Tod davon, hab ich mir gedacht, als sie das sagte. Sie kennt in Wilhelmsburg jeden Grashalm. Und sie hat was gesehen. Zwei Männer, die in der Nacht, als die Tuckers gestorben sind, aus deren Haus gekommen sind. Sie konnte mir eine ganz gute Beschreibung der beiden geben. Und sie hat das Auto gesehen, mit dem die weggefahren sind. Einen alten Ford Taunus. Einen goldenen. Sie ist sich ganz sicher, dass es ein Taunus war. Ihr Mann ist so einen mal gefahren.«

»Nicht schlecht, Faller«, sage ich.

Er schneidet ein Stück von seinem Haifisch ab und steckt es in den Mund. Kaut und kaut und kaut. Ich finde Haifisch ja immer ein bisschen zu trocken, genau wie Thunfisch und Schwertfisch und Stockfisch, aber bitte, wenn der Faller das gerne isst.

»Ich hab mich dann mal ein bisschen auf dem Kiez umgehört«, sagt er. Als wäre nichts dabei.

»Sie haben sich auf dem Kiez umgehört? Sind Sie wahnsinnig geworden?«

Der Faller hat seit Jahren keinen Fuß mehr ins Milieu gesetzt. Seit der bösen Sache damals. Kein Kiez mehr, keine Halbwelt, kein Alkohol. Das alles gab's nicht mehr für den alten Faller. Deshalb hab ich doch überhaupt erst angefangen, die Ermittlerin zu spielen. Weil er nicht mehr auf den Kiez wollte. Ich war sein verlängerter Arm für St. Pauli, zusammen mit Klatsche und dem Calabretta. Und jetzt sagt er, er hätte sich mal ein bisschen auf dem Kiez umgehört. Einfach so.

»Ich weiß auch nicht«, sagt er. »Mir war so danach. Und plötzlich ging das wieder. Vielleicht der entscheidende Vorteil, wenn man kein Bulle mehr ist. Man kann mit vielem noch mal neu anfangen. Na ja, auf jeden Fall hab ich meine alten Verlötungen da wieder angezapft, und einer hat aufgehorcht, als ich ihm die Typen beschrieben hab, die ich suchte.«

»Wer?«

»Das geht Sie einen Scheißdreck an«, sagt er und grinst.

Der Faller. Aufm Kiez. Ich pack es nicht.

»Auf jeden Fall wusste mein alter Spezi nicht nur, wie die Jungs ungefähr heißen, sondern auch, dass es so ein blöder Spleen von denen ist, sich für ihre Touren alte Autos zu mieten.«

»Und die Typen?«, frage ich. »Was sind das für welche? Kann man die auch mieten?«

»Klar«, sagt der Faller, »klassische Schläger zum Anheuern. Die machen alles, wenn sie dabei genug verdienen.«

»Auch Mord?«

»Das wollte mir jetzt so niemand bestätigen«, sagt er. »Irgendwo hat die Bullenloyalität auch bei den ältesten Freunden ihre Grenzen. Aber ich war am Freitag bei einem Autoverleiher in Hammerbrook, der sich auf Youngtimer spezialisiert hat ...«

»Und?«

»Bingo«, sagt der Faller. »Er hatte vorletzte Woche für ein paar Tage seinen alten goldenen Ford Taunus vermietet. An einen Typen namens Collin Westermann. Wir können natürlich gepflegt davon ausgehen, dass das ein falscher Name war.«

»Wie heißen die beiden Typen denn, ungefähr?«, frage ich.

»Caltzo und Rubsch«, sagt der Faller, »so werden die zumindest genannt.«

»Können Sie mit der alten Dame Kontakt aufnehmen?«, frage ich.

»Jederzeit«, sagt der Faller.

»Begleiten Sie sie doch bitte morgen ins Präsidium«, sage ich, »und den Autoverleiher bringen Sie auch gleich mit, wenn Sie das hinkriegen. Wir treffen uns um zehn beim Calabretta und seinen Jungs und versuchen, mit Hilfe des Autoverleihers mal zwei schicke Phantome zu basteln. Wenn die Omi dann sagt, das passt, reicht das für eine Festnahme. Wenn wir die Typen haben, machen wir eine Gegenüberstellung, und fertig ist die Luzie.«

»Ich weiß, wo wir Caltzo und Rubsch finden«, sagt er. »Könnte so klappen, wie Sie sich das vorstellen, mein Mädchen.«

»Weiß Amy Tucker schon Bescheid?«, frage ich.

»Nein«, sagt er, »aber ich rufe sie morgen früh an und erzähle ihr, was ich Ihnen eben erzählt habe.«

Aus irgendeinem irrationalen Grund hatte ich gehofft, dass er das nicht tun würde, aber das wäre wahrscheinlich wirklich zu viel verlangt gewesen.

☆

Auf dem Weg nach Hause packt mich der schlimmste Husten aller Zeiten. Die Luft ist heute kalt und trocken, und ich schätze, das ist nicht so gut für mich. Ich halte mich an einer Hauswand fest, der Backstein ist rauh und schneidet mir in die Finger. Ich kann nicht mehr aufhören zu husten, es hört sich richtig gefährlich an. Die Leute kucken, manche bleiben sogar stehen. Eine Frau bietet mir einen Schluck von ihrem Wasser an. Danke, so weit kommt's noch.

Als ich mich wieder einigermaßen gefangen hab, schleppe ich mich nach Hause und hoffe, dass mich niemand beobachtet hat, den ich kenne. Oben in meiner Wohnung drehe ich die Heizung auf, und mir geht's so dreckig, dass ich mir doch tatsächlich eine Kerze anzünde. Ich fühle mich wund und geschunden. Ich glaube, bei diesem öffentlichen Hustenanfall eben hat auch meine Seele was abgekriegt.
Ich schaue aus meinem Wohnzimmerfenster runter auf die Straße, es dämmert schon, bald wird es dunkel. Gegenüber an dem leeren Haus trampeln sich die Plakate gegenseitig platt, man kann meistens nicht lesen, was da alles draufsteht. Aber eins muss ganz frisch sein, es ist noch sauber, ganz und leuchtet richtig. Es macht Reklame für eine Tanzveranstaltung: *Ihr seid jung und habt es richtig nötig.*
Schön wär's.
Ich glaube, ich sollte mal ein paar Tage mit dem Rauchen aufhören.

☆

»Mann, ist das gemütlich, Baby.«
Klatsche sitzt auf meinem Sofa. Er hat seine Füße im Sessel geparkt und meine in seinem Schoß. Außerdem sind noch jede Menge Decken im Spiel, die Heizkörper leisten hervorragende Arbeit, die Kerzen blenden uns nicht, und wir trinken tatsächlich Tee.

»Du solltest öfter mal krankfeiern«, sagt er.
»Ich feiere nicht krank«, sage ich. »Ich kann nicht mehr.«
»Spielverderber.«
Ja, wahrscheinlich. Ich lasse mich ein bisschen tiefer ins Kissen fallen. Wenn ich könnte, würde ich da durch und dann durchs Sofa und durch alle Etagen und den Keller und ab ins Grundwasser, wo mich keiner mehr findet. So ist mir. Einerseits. Andererseits ist das auch ganz schön, was Klatsche da mit meinen Füßen macht. Und sein Gesicht ist schön. Wie lebendig es ist. Wie es glüht. Es geht ihm gut. Das ist das Schönste. Er erzählt mir von der *Blauen Nacht,* und wie sie da immer noch renovieren wie die Berserker, Rocco Malutki und er. Ich höre nicht genau zu, mir fehlt die Kraft dafür, aber es tut gut, dass er redet. Und dass er so einen Spaß daran hat.
Kurz bevor ich einschlafe, fällt mir ein, dass ich den Calabretta noch anrufen muss.
Ich weiß jetzt gar nicht mehr, ob ich das noch geschafft habe.

ZUGRIFF

☆ ☆ ☆

Es ist acht Uhr fünfunddreißig, und ich bin schon auf Turkey. Zittrig. Nikotinentzug ist ein erbärmlicher Zustand. Mir ist beim Kaffeemachen fast die Espressokanne aus der Hand gerutscht. Darüber, was mit der Milch passiert ist, möchte ich nicht reden. Über meine Laune auch nicht. Aber, immerhin: Meine Bronchien fühlen sich ungefähr einen Millimeter besser an.
Ich hab seit fünfzehn Stunden keine einzige Zigarette geraucht. Das ist mir seit zwanzig Jahren nicht mehr passiert.
Klatsche liegt noch in meinem Bett und schläft, er sah so zufrieden und weich aus, als ich aufgestanden bin, wie ein großes, flauschiges Lämmchen lag er unter der Decke, ich musste ihn schlafen lassen. An der Hauswand gegenüber haben sie letzte Nacht schon wieder frisch plakatiert: *Rudeltanz!*
Ich frage mich, wie viele Tanzveranstaltungen so eine alte Wand eigentlich aushält.
Ich rufe den Calabretta an. Die Anruflisten auf mei-

nem Telefon haben mir verraten, dass ich das gestern wohl nicht mehr gemacht habe.
»Moin«, sagt er, »wie war's mit dem Faller?«
»Der alte Superbulle hat zwei Zeugen und zwei Verdächtige«, sage ich. »Er kommt heute um zehn mit den beiden Zeugen zu Ihnen ins Präsidium.«
»Wow«, sagt der Calabretta. »Schulle und Brückner haben auch jemanden aufgetan. Einen von den Obdachlosen, die regelmäßig im Tucker-Haus geschlafen haben. Wir versuchen, den gleich mal dazu zu bestellen, oder?«
»Kriegen die beiden das so schnell hin?«, frage ich.
»Der Mann schläft wohl im Moment im Obdachlosenheim. Ich schicke die Herren direkt los«, sagt der Calabretta.
Ich habe ein Dach überm Kopf und ein warmes Bett. Ich kann mir heißen Kaffee kochen, wenn mir danach ist. Ich habe Menschen an meiner Seite. Ich bin doch eigentlich ganz gut aufgehoben.
Manchmal finde ich es richtig unverschämt von mir, dass ich mich immer so heimatlos fühle.

☆

Der Faller lehnt an seinem alten Schreibtisch. Kollege Inceman ist offensichtlich nicht da. Auf dem Drehstuhl hinterm Schreibtisch sitzt eine winzig kleine Oma, die sich an ihre Handtasche klammert. Ihre Haare sind zu einem dünnen Knoten gebunden, ihre Brille ist viel zu

groß für ihr pusseliges Gesicht. Sie trägt ein helles Kostüm und sieht eigentlich ziemlich gepflegt aus. Nur die Wanderschuhe an ihren Füßen sind völlig verdreckt. Am Fenster hinter der Oma steht ein Typ in einem dunkelgrünen Ledermantel. Seine schütteren braunen Haare sind sauber gescheitelt. Sein Schnurrbart könnte vielleicht mal wieder gestutzt werden. Ganz eindeutig: the one and only Gebrauchtwagenvermieter.
»Moin«, sage ich, und der Faller und der Calabretta grinsen mich unisono an.
»Moin, Moin«, sagt der Faller.
Und der Calabretta sagt: »Ich hol mal Kaffee für alle.«
Als er gerade zur Tür raus ist, sagt die Oma: »Für mich bitte mit Milch und zwei Stück Zucker.«
»Kommissar Calabretta bringt das sicher alles mit«, sage ich und ziehe mich an das zweite, noch freie Fenster hinterm Schreibtisch meines italienischen Kollegen zurück. Mein ganzer Körper verlangt dermaßen nach einer Zigarette, dass ich fast ohnmächtig werde.

✭

»Ja«, sagt die Oma. »Jaja. Das kommt schon hin.«
»Das kommt ziemlich genau hin«, sagt der Automann und streicht sich über den Schnurrbart. Die Kollegen Schulle und Brückner greifen sich schon mal ihre Jacken, ich glaube, die scharren mit den Füßen. Sie sind ohne ihren Zeugen zurück ins Präsidium gekommen.

Der war nicht zu gebrauchen, musste noch die Flasche Rum von gestern Abend verdauen. Jetzt wollen sie was machen.
Wir kucken alle auf den Monitor unseres Spezialisten. Zwei Typen kucken uns an. Einer ist eher drahtig, sehnig, mit einer auffällig spitzen Nase. Der andere kommt relativ viereckig daher, mit einer knubbeligen, dicken Nase. Beide tragen klassische Kiezfrisuren. Der Drahtige hat die Seiten ausrasiert und die Deckhaare nach hinten gegelt. Der Viereckige hat die Haare auch nach hinten gegelt, aber sie sind lang und im Nacken zu einem buschigen Zopf gebunden.
»Voilà«, sagt der Faller, »Caltzo und Rubsch.«
Ich halte mich an einer Tasse kaltem Kaffee fest, um nicht an Zigaretten zu denken, und bin wieder mal verwundert, wie gut diese Phantombilder inzwischen sind. Nur Augen, das kriegen die nicht richtig hin. Augen kann man wohl ganz schwer fälschen.
»Denn man los«, sagt der Calabretta und nickt dem Schulle und dem Brückner zu.
Der Faller kuckt auf die Uhr und sagt: »Die Herren könnten jetzt eventuell in der Ritze sein und trainieren. Mein Informant hat mir gesteckt, dass sie da fast jeden Tag über Mittag im Ring auflaufen.«
Der Brückner kuckt mich an. Er kennt meinen Geschmack.
»Ich komme mit«, sage ich. Die Ritze lass ich mir nicht entgehen.
»Wir müssten in einer guten Stunde wieder hier sein«, sagt der Schulle.

»Regeln Sie in der Zwischenzeit alles für eine Gegenüberstellung?«, frage ich den Calabretta. »Falls wir mit Beute nach Hause kommen?«
Er nickt und sagt irgendwas auf Italienisch.
Ich schaue noch mal kurz zum Faller.
»Schon klar, Chastity«, sagt er. »Niemand verlässt den Raum.«

☆

Es gibt keinen Ort auf der Welt, der so sehr nach Männern riecht wie der Boxkeller unter der Ritze. Als würde dort alles fünf Mal am Tag mit Testosteron und Schweiß eingesprüht. Wir gehen durch die Hofeinfahrt. Auf die schwarze Tür zu, der Eingang liegt zwischen zwei an die Wand gepinselten gespreizten Frauenbeinen. Ich suche in meinen Manteltaschen nach Zigaretten. Ach so. Habe gar keine dabei. Rauche ja nicht mehr.
Der Brückner geht vor, der Schulle geht direkt hinterher, ich halte ein bisschen Abstand. In solchen Läden muss ich aufpassen. Könnte immer sein, dass Klatsche mit ein paar alten Knastkollegen am Tresen rumsitzt. Ich werfe einen schmalen Blick durch die Kneipe, er ist nicht da. Der Brückner zeigt dem Wirt seinen Dienstausweis, der Wirt nickt, niemand sagt was. Wissen sowieso alle, was hier gleich läuft. Auf dem Kiez riecht man einen Polizei-Einsatz doch auf drei Meilen gegen

den Wind. Die Männer an der Theke konzentrieren sich auf ihr Bier, einer knurrt ein bisschen. Wir gehen die Treppe runter. Der Brückner und der Schulle gehen rein. Ich sichere die Tür. Ah, wunderbar: Zugriff.

*

Der Brückner fährt, ich bin auf dem Beifahrersitz, der Schulle sitzt hinten in der Mitte. Hinter uns auf der Straße, in zwei getrennten Streifenwagen auf dem Rücksitz in Handschellen: Caltzo und Rubsch.
»Totale Profis«, sagt der Schulle. »Die haben ja echt nicht mal gezuckt, als wir sie festgenommen haben.«
»Kann ich gar nicht glauben, dass die noch nie gesessen haben«, sage ich.
»Die sind ja offensichtlich nicht mal erkennungsdienstlich aufgefallen«, sagt der Schulle.
»Profis«, sagt der Brückner, und dann brummt er was von wegen Arschloch. Ein Porsche hat ihm gerade die Spur abgeschnitten.
»Schon cool, in der Ritze zu boxen«, sagt der Schulle.
»Machen Sie doch«, sage ich. »Das private Kiezverbot gilt nur für die Kollegen von der Davidwache.«
Der Schulle antwortet nicht. Als ich unauffällig zu ihm nach hinten kucke, macht er Boxbewegungen in Richtung Seitenfenster.

☆

Der Calabretta hat mal wieder ziemlich verschlagene Kollegen aufgetrieben. Ich kann mich während der ganzen Gegenüberstellung nicht entscheiden, welche schlimmer ist: die Caltzo-Reihe oder die Rubsch-Reihe. Die winzig kleine Oma aus Wilhelmsburg greift sich unerschrocken die echten Schurken raus.
»Der da, Nummer 4«, sagt sie, ein paar Sekunden nachdem Caltzo und seine Doubletten hinter der Spiegelwand aufmarschiert sind. Und Rubsch hat sich gerade erst positioniert, als sie schon sagt:
»Der Größte von denen, der ist es.«
Ich bin beeindruckt. Erstens: Ich wusste wirklich nicht, dass der Calabretta in so kurzer Zeit so viele Stiernacken zusammentrommeln kann. Zweitens: Der Stiernacken von Rubsch ist noch gewaltiger als die der anderen. Drittens: Die Omi ist wirklich schnell. Wir sollten wahrscheinlich alle mehr spazieren gehen. Das hält ja echt ordentlich frisch in der Birne.
Der Autoverleiher braucht ein bisschen länger, um sich festzulegen. Aber letztlich sagt auch er es ganz deutlich: Die beiden, die wir da vorhin aus dem Boxring gezogen haben, sind genau die Typen, die vor knapp zwei Wochen für ein paar Tage seinen goldenen Ford Taunus gemietet haben.
»Ich schätze, wir haben unsere Mörder«, sagt der Calabretta, und für zwei Sekunden ist es ganz still im Zimmer hinter der Spiegelwand. Irgendwie ist so was immer ein feierlicher Moment. Auch wenn zumindest der Calabretta und ich ganz genau wissen, dass es das hier noch nicht gewesen sein kann. Dass da noch mehr

sein muss. Die Sache ist ein bisschen größer. Der Autoverkäufer räuspert sich. Ich schätze, der will los. Der Brückner merkt das auch und sagt zu dem Autoverkäufer und der kleinen Oma:
»Wenn Sie beide jetzt bitte mitkommen würden. Wir protokollieren schnell noch Ihre Aussagen, dann war's das auch.«
Die Oma sieht den Faller an. Sie scheint fast ein bisschen traurig zu sein, dass es schon vorbei ist. Der Faller lächelt sie an, zwinkert dem Schulle zu, und der bietet der Oma den Arm und begleitet sie nach draußen. Ach, diese Jungs hier.
»Reicht auf jeden Fall für'n Haftbefehl«, sage ich, als unsere Zeugen mit dem Schulle und dem Brückner draußen sind. »Wäre aber gut, wenn wir bald noch was Handfestes hätten.«
»Also«, sagt der Calabretta, »die wirken nicht, als wären sie scharf drauf, Geständnisse abzulegen. Aber ich denke, die Hautpartikel unter Walt Tuckers Fingernägeln werden das für uns erledigen.«
Der Faller räuspert sich. Es ist die Art Räuspern, die was sagen will. Er steht jetzt in der hintersten Ecke des dunklen Zimmers, hat seinen Hut abgenommen und spielt an der Krempe herum.
»Die Frage ist ja nur«, sagt der Faller, »wer hat die beiden dafür bezahlt?«
Ja. Der Faller weiß natürlich auch, dass wir mit den beiden Kiezgestalten nicht die wirklichen Täter festgenommen haben. Der Calabretta holt den Pragmatiker raus.

»Es geht los, Leute«, sagt er und klatscht in die Hände. »Alle noch mal durchatmen und Pipi machen, wir treffen uns in einer halben Stunde in meinem Büro.«
Und dann sitzen wir bis in den Abend hinein zusammen und drehen alles, was wir bisher haben, durch unsere Köpfe. Bis wir das Gefühl haben, dass so langsam ein Bild entsteht.
Als ich später im Taxi nach Hause sitze und aus der dunklen Luft ein leichtes Schneegeriesel wird, empfinde ich für einen kurzen Moment so etwas Ähnliches wie Frieden.

SORGENBRECHER

☆ ☆ ☆

Es ist einer von diesen Tagen. Der Novemberhimmel ist doch tatsächlich blau. Auf den Dächern liegt die gefrorene Feuchtigkeit der Nacht und vielleicht auch noch ein bisschen was von dem kleinen Schnee von gestern Abend. Im Laufe des Tages wird eine eher rote als gelbe Sonne über dem Horizont einen flachen Halbkreis ziehen. Ich gehe zu Fuß in die Staatsanwaltschaft, atme tief ein, meine Lungen füllen sich mit Luft, das macht wach und groß, und da fällt mir auf, dass ich heute Morgen wirklich noch kein einziges Mal gehustet habe. Interessant. Ich atme noch mal tief durch. Aha. Kein Rasseln. Kein Zigarettenrauch. Nur Luft. Und die riecht heute wieder mal nach Meer. An manchen Tagen haben wir das hier, wenn der Wind günstig steht. Ich nehme meine Mütze ab und lasse den Tag an meinen Kopf. Unten am Hafen dröhnt eine dieser riesigen Schiffshupen. Wahrscheinlich nur ein hässliches, blitzblank poliertes Riesenkreuzfahrtschiff, das aussieht

wie ein schwimmendes Gefängnis und in seinem Namen vermutlich das Wort *Freedom* hat. Aber ich sehe das Ungetüm ja nicht, und so kann ich ganz in Ruhe meine sozialromantische Vorstellung weiterfahren, dass das, was da hupt, ein rostiger alter Seelenverkäufer ist.
Mein Telefon klingelt. Der Calabretta ist dran. Ich soll gleich ins Präsidium kommen. Es tut sich was.

☆

»Und?«, frage ich.
Ich werfe meinen Mantel über einen von den alten Stühlen, die hier immer rumstehen, und setze mich zum Calabretta auf den Schreibtisch. Der Calabretta nickt zum Kollegen Inceman rüber und sagt: »Wir sind mit unseren Füßen in einen hübschen kleinen Behördensumpf geraten.«
Der Inceman hat einen Stapel Papiere und Notizen und Computerausdrucke vor sich.
»Das hatten wir uns ja gestern Abend fast schon gedacht, oder?«, sage ich.
»Ja«, sagt der Inceman, »aber jetzt wird's langsam offensichtlich. Auch wenn wir da vermutlich noch lange nicht durchsteigen.«
»Was ist passiert?«
Ich drehe mich zu ihm und rutsche ein Stück auf seinen Tisch rüber.

»Ich hab die Baubehörde mal hier und da ein bisschen gekitzelt«, sagt er.
Ich ziehe die Augenbrauen hoch.
»Ich hab mich umgehört. Bei einigen, von denen ich ahnte, dass sie mir was erzählen würden. Und bei einigen anderen. Von denen ich wusste, dass sie ziemlich schnell, nachdem ich da aufgetaucht bin, zu genau den Leuten rennen würden, die überhaupt keine Lust darauf haben, dass hier irgendwer irgendwas erzählt.«
Ich glaube, ich kucke skeptisch.
»Solche Typen gibt's doch in jeder Behörde«, sagt der Inceman.
»Und woher wissen Sie, welche Typen genau das in der Baubehörde sind?«, frage ich.
»Wer lange im Drogendezernat war, kennt sie alle«, sagt der Calabretta.
Da hat er natürlich recht. Die Kollegen von den Drogen wühlen überall im Dreck, das bringen die Drogen so mit sich. Drogen gibt's in allen Berufen, allen sozialen Schichten, allen Systemen. Drogen stecken in allen Ecken.
»Und was ist da jetzt rausgekommen?«, frage ich.
»Erstens«, sagt der Inceman, »fühlen sich in der Behörde ein paar Leute veräppelt. Es gibt eine Menge Getratsche und bösen Flurfunk. Es sieht so aus, als würden sämtliche Deals nur in einem kleinen Zirkel besprochen. Und dann auch nur da abgewickelt. Viele der Beamten fühlen sich komplett kaltgestellt. Die halten das für Mobbing. Aber denen, die da die Deals in der Hand haben, geht's natürlich nicht um Unternehmenskultur, sondern um ihre dicken Geldbeutel.

Die merken wahrscheinlich gar nicht, dass sie sich damit langsam, aber sicher ein Ei legen. Zweitens ist klar, dass ToftingInvest beim Verkauf des Tucker-Hauses bevorzugt wurde, obwohl sie nicht annähernd das beste Angebot gemacht haben. Das hat mir eine der Sekretärinnen gesteckt. Die Dänen haben offensichtlich sogar so wenig dafür bezahlt, dass noch reichlich Luft für Schmiergeld war und sie damit bestimmt immer noch gut weggekommen sind.«
»Wie wenig?«, frage ich.
»Man munkelt, vierzigtausend«, sagt er.
»Das ist ja ’n Witz«, sage ich. »Dafür kriegt ein Normalsterblicher in Hamburg nicht mal einen Keller.«
»Ein-Zimmer-Wohnung, Souterrain«, sagt der Inceman. »Ich habe das spaßeshalber mal gegengecheckt.«
»Das ist echt übel«, sage ich.
»Ziemlich übel«, sagt er. »Und das weiß wohl auch der Herr Senatsdirektor Oenninger.«
»Haben Sie mit dem gesprochen?«, frage ich.
»Er hat mit uns gesprochen«, sagt der Calabretta, »kurz bevor ich Sie vorhin angerufen habe.«
»Und er war etwas ungehalten«, sagt der Inceman.
»Ich fand ihn eher nervös«, sagt der Calabretta und grinst, der Inceman grinst zurück.
»Macht ihr euch lustig?«, frage ich.
»Nein«, sagt der Calabretta.
»Niemals!«, ruft der Inceman.
Wäre ich der Senatsdirektor Oenninger, würde ich den beiden Halunken spätestens jetzt eine reinhauen.
»Was wollte der Mann denn?«

»Erst hat er ein bisschen rumgepoltert«, sagt der Calabretta. »Wer er ist, wer wir eigentlich glauben, dass wir sind, und überhaupt. Hat halt ordentlich auf dicke Hose gemacht. Als er gemerkt hat, dass mir das herzlich egal ist – ich hab ihn einfach immer wieder freundlich gefragt, wie wir ihm denn helfen können –, wurde er plötzlich zahm und kumpelhaft. Und hat ganz vorsichtig versucht rauszufinden, wie unser Ermittlungsstand im Tucker-Fall ist. Er hat behauptet, er hätte ToftingInvest auch schon eine Weile im Auge, weil die das Objekt in Wilhelmsburg ja so verrotten lassen würden.«

»Haben Sie ihm irgendwas erzählt?«, frage ich.

»Nö«, sagt er.

»Von den Herren Caltzo und Rubsch weiß ja bisher nicht mal die Presse«, sagt der Inceman.

»Ich denke, das sollte auch noch ein paar Tage so bleiben, oder?«, sage ich.

»Wäre gut«, sagt der Calabretta. »Gerade jetzt, wo wir wohl in ein kleines Wespennest gestochen haben.«

»Dann sind wir uns ja einig«, sage ich. »Wie geht's jetzt weiter?«

»Wir knöpfen uns mal unauffällig den Herrn Senatsdirektor Trauwald Oenninger vor«, sagt der Inceman. »Außerdem vergleicht die KTU die Hautpartikel unter Walt Tuckers Fingernägeln gerade mit der DNA von unseren Kiezboxern«, sagt der Calabretta. »Da erwarten wir ja keine Überraschungen mehr.« Er kratzt sich am Kopf und fährt sich übers Gesicht. »Und dann müssen wir nur noch die Baubehörde, ein paar dänische Immobilieninvestoren und zwei gedungene Mörder zusammenkriegen.«

»Oha«, sage ich.

Der Inceman zuckt mit den Schultern und sagt: »Man wächst mit seinen Aufgaben.«

»Pffh.« Das kam aus dem Nebenzimmer.

Ich wusste gar nicht, dass der Schulle und der Brückner auch da sind. Die haben bisher keinen Mucks von sich gegeben. Ich kucke den Calabretta an, ziehe die Brauen hoch und zeige aufs Zimmer der Kollegen. Der Calabretta rollt mit den Augen und zeigt in Richtung Inceman. Der Inceman zieht die Schultern hoch und sagt:

»Was weiß ich denn …«

»Ich geh mal eben rüber«, sage ich leise.

»Ich geh mal eben Kaffee holen«, sagt der Inceman, steht auf und verlässt das Zimmer.

Der Schulle und der Brückner sitzen an ihren Schreibtischen und starren auf ihre Bildschirme. Der Schulle hat eine Totenkopf-Flagge an seiner Stuhllehne baumeln, an der Lampe vom Brückner hängt ein Altona-93-Wimpel.

»Na?«

»Moin«, sagt der Schulle brummig.

Der Brückner kriegt gar nicht viel mehr als ein Knurren raus.

Ich nehme mir einen Stuhl, ziehe ihn an die Kopfseite der zusammengeschobenen Schreibtische der Kollegen und setze mich verkehrt rum drauf.

Der Calabretta steht hinter mir im Türrahmen.

»Die Herren weigern sich, mit unserem neuen Kollegen klarzukommen«, sagt er.
»Weigern ist gut«, sagt der Brückner.
»Mit dem kann man nicht klarkommen«, sagt der Schulle.
»Ich finde, er passt hervorragend in unser Team«, sagt der Calabretta, »wir ergänzen uns doch alle super. Aber das will hier keiner hören.«
»Ich finde, der passt hervorragend in die Interne, da wo sich die Ehrgeizlinge so super ergänzen.«
Verstehe. Hier läuft ein Klassenkampf: Arbeiterkinder gegen Karrieristen. Wobei der Schulle und der Brückner vermutlich aus gutbürgerlichen Familien im Hamburger Speckgürtel kommen und der Inceman hier wahrscheinlich das wahre Arbeiterkind ist. Ich kann die beiden Kollegen natürlich verstehen. Mir ist Ehrgeiz auch immer suspekt gewesen. Aber wenn man mal genau hinschaut: Sooo schlimm ist der Inceman gar nicht. Er trägt nur Anzüge statt Fußballtrikots. Und er macht einen guten Job. Das machen der Schulle und der Brückner auch. Die drei trennt nur die Klamotte. Und der wahrscheinlich sehr unterschiedlich große Drang, im Leben voranzukommen.
»Geschniegelter Angeber«, sagt der Schulle.
»Diskotürke«, sagt der Brückner und kuckt grimmig in seine Kaffeetasse.
»Richtig«, sage ich. »Der Inceman ist ein lupenreiner Diskotürke. Euer Chef hier ist noch schlimmer: ein unrasierter Spaghettifresser. Ihr selbst seid brummige

Fischköppe. Und ich bin von der ganz unangenehmen Sorte. Eine neurotische Ami-Schnalle.«

Ich gehe zum Calabretta, lege ihm meinen Arm um die Schultern und sage: »Was sind wir nur alles für herrliche Arschlöcher. Also, ich mag uns.«

Der Brückner und der Schulle starren weiter auf ihre Bildschirme.

»Vergessen Sie's«, sagt der Calabretta, »ich hab's auch schon versucht. Da ist nix zu machen. Die Stimmung hier wird wohl den Bach runtergehen.«

»Okay«, sage ich, »disziplinarische Maßnahme der zuständigen Staatsanwältin. Heute Abend, zwanzig Uhr: gemeinsames Thekensitzen am Hamburger Berg. *Sorgenbrecher.* Wer nicht kommt, kriegt einen Vermerk in die Akte und einen auf den Deckel.«

Die Kollegen vor den Bildschirmen ziehen ihre blonden Augenbrauen zusammen.

»Dienstanweisung!«, sage ich.

Die beiden schmollen.

»Sagen Sie dem Inceman Bescheid, Calabretta.«

Jetzt kommt unruhiges Gebrumme ins Geschmolle.

»Ja, darum geht's doch schließlich, Herrschaften«, sage ich. »Ich muss mir den auch erst noch schönsaufen.«

Auf dem Weg zum Aufzug treffe ich den Inceman auf dem Flur. Er hat eine Tasse Kaffee in der Hand und kuckt mich an. Ich sage nichts und kucke weg.

Ich war da gerade wohl nicht ganz ehrlich.

Schönsaufen muss ich mir den nämlich nicht.

☆

Der *Sorgenbrecher* an einem Dienstagabend im Herbst, das ist die vermutlich beste Kneipe der Welt. Keine Partytouristen weit und breit. Nur ein paar gute Menschen, die gute Drinks wollen. Das rot leuchtende Gitarrenherz im Fenster wärmt die Blicke und die Gesichter. Hinterm Tresen immer ein ganz spezieller Barmann oder eine noch speziellere Barfrau, solche gibt's sonst nirgends, so was kann man sich sonst nirgends ankucken, die tragen erstklassige Vintage-Kleidung, bei denen sitzt das alles wie eine Eins, wahrscheinlich, weil sie im Grunde aus der gleichen Zeit kommen wie ihre Klamotten. Beatseelen. Und dann können die auch noch richtig was am Alkohol. Ich hab nur hier diese Gin Tonics getrunken, die sowohl nach Gin als auch nach Tonic schmecken und nicht wie irgendwas Dünnes dazwischen. Die Drinks im *Sorgenbrecher* haben Körper und Wucht. Und die Plattenaufleger legen ausschließlich Qualitätsplatten auf, gerade an den Dienstagen. Manchmal sieht man hinten vor der Toilette ein Paar tanzen.

Der Inceman ist schon da. Er sitzt allein an einer Ecke der Theke, hat ein Astra-Bier vor sich stehen. War ja irgendwie klar, dass der pünktlich ist und die anderen nicht. Der Streber. Und die Jungs lassen sich das natürlich auch nicht nehmen, ihn ein bisschen warten zu lassen.

»Moin«, sage ich und setze mich auf den Barhocker neben ihn, aber über Eck. So sitze ich an der Stirnseite und hab den Laden im Blick und auch sonst alles, und so was mag ich, das ist mein Ding.

»Guten Abend«, sagt er und kuckt mich an. Kuckt mich

schon wieder so an. Dunkel, tief, das klebt ein bisschen, vielleicht zieht es aber auch. Ist auf jeden Fall eine kraftraubende Angelegenheit. So langsam schwant mir: Der kann gar nicht anders kucken. Der ist so gedacht. Das hat eventuell was mit diesen Wimpern zu tun.
»Was möchten Sie trinken, Frau Riley?«
»Wodka Soda«, sage ich. »Und nennen Sie mich ruhig Riley. Das *Frau* können Sie sich sparen.«
»Riley«, sagt er, kuckt mich wieder an und bestellt meinen Drink.
Die Tür geht auf. Erst kommt ein bisschen Wind rein, dann der Brückner.
Er begrüßt uns, indem er mit dem Zeigefinger an seine Stirn tippt. Als hätte er nicht eine dunkelblaue Wollmütze, sondern einen Cowboyhut auf. Er setzt sich neben den Inceman an die Theke und sagt: »Ein Bier und einen Korn, bitte.«
Mein Wodka kommt, dann das Herrengedeck vom Brückner, dann kommen der Schulle und der Calabretta.
»Moin.«
»Moin.«
»Moin.«
»Moin.«
Diesmal sagt der Inceman nichts. Ich kann mir vorstellen, dass das für ihn jetzt alles eine merkwürdige Mischung ist. Ein bisschen Kindergarten, ein bisschen Schlachthof. Tut mir, ehrlich gesagt, leid. Muss er aber durch. Muss sein.
Der Schulle bestellt sich ein Alsterwasser, der Cala-

bretta setzt gleich auf Averna. Insgesamt wird nicht viel geredet. Eigentlich gar nicht. Mir kommt das zupass. Erstens halte ich ja eh nichts vom Reden. Zweitens hab ich einen Knoten im Hals. Könnte sein, dass meine Stimme bricht, wenn ich versuche, was zu sagen. Und je länger ich so Knie an Knie mit dem Iceman sitze, desto fester wird der Knoten.
Nach dem zweiten Wodka Soda pfeife ich aufs Nichtraucher-Sein und zünde mir endlich wieder eine Zigarette an.

☆

Es wird immer lauter in der Hütte. Der Plattenaufleger legt Rock 'n' Roll auf, richtigen, heftigen Rock 'n' Roll. Der Brückner und der Schulle zucken schon leicht mit den Schultern. Ich weiß, dass die beiden Tanzmäuse sind. Der Faller hat mir das mal erzählt. Die können einfach den Arsch nicht stillhalten, wenn die Musik an ist. Der Calabretta steht am Flipper. Das hübsche Ding neben ihm hat keine Haare, sondern fließendes Gold auf dem Kopf, es fließt fast bis zu ihren Hüften, sie ist maximal zweiundzwanzig, ein bisschen rund und koboldgesichtig, aber wirklich sehr süß. Sie himmelt ihn an. Recht so, das kann er gut mal haben. Er gibt dem alten Addams-Family-Flipper Saures, es klingelt und hupt in einer Tour, ja, Baby, und das Mäuschen klingelt auch.

Der Inceman und ich reden immer noch nicht. Aber seit kurz nach halb elf wird zurückgekuckt.
Und da wird plötzlich der Plattenaufleger weich. Elvis. Als könnte er nicht anders, ich verstehe echt überhaupt nicht, warum der jetzt so was macht. *I just can't help believin'*. Der Inceman kuckt noch ein bisschen mehr, ich bin überrascht, ich dachte, mehr geht nicht, geht aber wohl doch. Er legt die Hand unter mein Kinn und hebt es ein bisschen an. Wir sind jetzt gleichauf. Hilfe.

☆

Jetzt macht er uns fertig, der Plattenmann. Das sind die Tindersticks, alte, melancholische Stimmen, Sieben-Minuten-Versionen, das ist ganz schlimm sexy, das schaukelt sich Song für Song mehr hoch, und er hört nicht auf damit. Der Calabretta hat das hübsche Mädchen über den Flipper gelegt, und das gefällt dem Mädchen offensichtlich sehr. Ihr Goldhaar fließt an den Flipperknöpfen vorbei bis fast auf den Boden, ihre Arme liegen fest um den Hals meines italienischen Kollegen. Der Calabretta hat sie um die Taille gepackt und zeigt ihr Clark-Gable-mäßig, wozu ein Kommissar in seinen späten Dreißigern beim Küssen fähig ist. Ich habe den Calabretta so noch nie gesehen, und ich muss sagen: Es ist sehr eindrucksvoll. Mein Bild von ihm erweitert sich gerade um eine deftige Perspektive.

Der Inceman und ich halten uns fern von den blinkenden Lichtern des Flipperautomaten. Wir stehen in einer dunklen Ecke neben der Theke rum, und bei Gott, wir stehen da rum wie die Wahnsinnigen, bald gibt's kein Halten mehr. Ich fühle mich, als hätte ich ein Leopardenfell an, so kenn ich mich gar nicht.

»Lass uns gehen«, sagt der Inceman, und seine Stimme ist so dunkel wie sein Blick, »lass uns schnell gehen. Bitte.«

Ich nehme ihn an der Hand, und wir gehen raus, an der Theke vorbei, auf der die Kollegen Brückner und Schulle mit sehr langbeinigen, sehr rothaarigen Zwillingen in sehr kurzen Röcken tanzen. Die eine Frau hat auf ihrem linken Bein einen Anker tätowiert, die andere Frau eine Bierflasche. Die Damen scheinen eine Art Sankt-Pauli-Ausgabe der Kessler-Zwillinge zu sein. Der Brückner und der Schulle winken uns fröhlich zu und rufen:

»Tschüs, Chef! Tschüs, Inceman, alte Sau!«

Hab ich doch gesagt: Was sind wir nur alle für herrliche Arschlöcher. Und meine teambildenden Maßnahmen sind offensichtlich ein Kracher.

TAGESKLINIK

☆ ☆ ☆

Mein Kopf dröhnt. Ich brauche einen Moment, bis ich begreife, wo ich bin. Da ist ein Arm um meine Taille gelegt. Es ist nicht Klatsches Arm. Ich drehe mich vorsichtig um, winde mich aus der Umarmung und schaue den dunklen Mann an, in dessen Bett ich offensichtlich geschlafen habe. Der Mann sieht aus wie einer dieser Männer auf diesen alten Schwarzweißfotografien. Klare Konturen, gestochen scharf und auf eine mir im Moment unbegreifliche Art sehr weit weg. Sehr fremd. Und doch hat er ein Gesicht, das einem so verdammt leicht im Gedächtnis bleibt. Viel zu leicht. Ich glaube, Rudolfo Valentino hatte so ein Gesicht. Ein Herzenskillergesicht.

Ich hab sie ja nicht alle. Mit einem Kollegen rumzumachen. So eine Scheiße. Ich rutsche langsam aus dem Bett und suche meine Klamotten zusammen, die quer über den dunkel lackierten Holzboden verteilt sind.

Als ich in Jeans und Pulli geschlüpft bin und gerade meine Stiefel anziehen will, sagt er:

»Keine Angst, du musst hier nicht frühstücken. Aber ich kann dir gerne einen Kaffee machen.«
Autsch.
Ich sehe ihn an und weiß nicht, was ich sagen soll. Er macht Anstalten, aufzustehen.
»Bleib liegen«, sage ich.
Nicht herkommen, denke ich.
Er sieht mich lange an, ich kann mich nicht rühren unter seinem Blick. Dann sagt er:
»Ich weiß nicht, ob ich das hinkriege.«
»Was?«
»Die Distanznummer. Das willst du doch.«
Ich nicke.
»Das kriegst du hin«, sage ich und ziehe meine Stiefel an.
»Ich bin dir verfallen«, sagt er und lächelt. »Seit dem ersten Tag bin ich dir verfallen.«
Er räkelt sich in seinem Bett, in seinem klaren, kantigen Bett vor der weiß verputzten Wand. Alles in seiner Wohnung ist von großer Klarheit, alles ist in eindeutigem Weiß und Braun gehalten. Da ist nichts Schwammiges, Verworrenes. Das ist eine sehr kluge und sehr erwachsene Wohnung.
Unter der Bettdecke kommt ein schlankes dunkles Bein zum Vorschein. Es ist weniger behaart, als ich erwartet hätte.
»Du bist mir nicht verfallen«, sage ich. »Niemand ist irgendwem verfallen. Das ist Blödsinn.«
»Das werden wir ja sehen«, sagt er.
»Drohung oder Versprechen?«
»Versprechen«, sagt er.

Ich hab's in meine Stiefel geschafft. Ich setze mich zu ihm aufs Bett und fahre ihm noch einmal kurz durch die Haare, auch wenn ich das gar nicht vorhatte.
»Pass auf dich auf«, sage ich.
»Pass du mal auf dich auf«, sagt er.
Und da weiß ich, dass ich in nächster Zeit lieber nicht im Präsidium auftauchen sollte. Die Sache ist eindeutig zu heiß geworden.
Ich schließe die Wohnungstür hinter mir, gehe durchs Treppenhaus runter auf die Straße und kucke erst mal, wo ich eigentlich bin.
Rothestraße. Aha. Altona.

☆

Alles in dieser Klinik ist so hell und freundlich, dass man schreien möchte. Carla tut so, als wäre nichts, aber ich merke, dass es ihr schlechtgeht. Ihre Hand ist feucht und kalt, und sie zittert ganz leicht. Wir sitzen in dem schlichten, weiß möblierten Wartezimmer, auf dem Regal neben uns steht ein Strauß weißer Blumen, aus unsichtbaren Lautsprechern blubbert leise Musik. Ich halte unauffällig Carlas Hand, es kommt mir fast so vor, als wären wir auf einer Beerdigung, und irgendwie sind wir das ja auch. Sie hat bestimmt Angst, ich an ihrer Stelle hätte Angst. Sie wippt ein bisschen mit den Füßen.
Eine helle, freundliche Frau kommt rein und holt Carla ab. Ich würde gerne noch mitkommen, darf aber nicht.

Die Frau sagt, ich könne ruhig rausgehen, sie rufen mich an, wenn Carla wach wird, es wird nicht lange dauern.
Ich gebe Carla einen Kuss auf die Stirn, sie versucht zu lächeln.
Als ich draußen vor der Tür stehe, huste ich erst mal, soviel ich kann, dann kaufe ich mir im Kiosk nebenan ein Wasser und einen Kaffee und rufe den Calabretta an.
Der hört sich nicht viel besser an, als ich mich fühle.
»Sie hören sich schlimm an«, sage ich.
»Sie hören sich auch nicht gerade an wie der Frühling«, sagt er.
Ich räuspere mich.
»Wir reden nicht darüber, okay?«
»Ich weiß nicht, was Sie meinen«, sagt er.
»Sehr gut«, sage ich.
Er räuspert sich, und danach klingt er einen Tick weniger durch den Wolf gedreht.
»Wo sind Sie, Chef?«
»Ich hab mir heute Vormittag freigenommen. Muss Carla was helfen«, sage ich. »Und Sie? Büro?«
»Mhm, und zwar allein. Von den anderen Vögeln ist bisher noch keiner hier aufgetaucht.«
Wundert mich nicht.
»Und gibt's was Neues?«
»Ich hab heute Morgen den Herrn Senatsdirektor angerufen und ihn zum Gespräch ins Präsidium gebeten«, sagt er.
»Sie haben ihn vorgeladen?«
»Zum Gespräch gebeten …«, sagt der Calabretta, und dabei klingt er wie Marlon Brando als Vito Corleone.

»Und, was sagt er dazu?«, frage ich.
»Dass das eine unglaubliche Unverschämtheit ist, eine lächerliche Anfrage. Ich soll ihm erst mal konkrete Anhaltspunkte für so eine Unterredung liefern, außerdem hat er natürlich überhaupt keine Zeit und viel zu viel zu tun, um sich auch noch mit der Polizei rumzuärgern. Das übliche Obrigkeitsgepolter halt. Juckt mich nicht besonders.«
»Soll ich ihn offiziell als Zeugen vorladen?«
»Nö, lassen Sie mal, Chef. Wir wissen ja im Prinzip schon, dass er Dreck am Schuh hat. Das reicht fürs Erste. Übrigens hat die KTU vorhin endgültig bestätigt, was wir eh schon vermutet hatten. Die Hautpartikel unter Walt Tuckers Fingernägeln gehörten mal Caltzo und Rubsch.«
»Na also«, sage ich, »die kommen uns nicht mehr aus.«
»Ich werde gleich mal zur Untersuchungshaftanstalt am Holstenglacis fahren und mich eine Runde mit den beiden beschäftigen«, sagt der Calabretta. »Muss nur meine Birne noch ein bisschen auf Kurs kriegen.«
»Die werden die Aussage verweigern, oder?«
»Darauf können Sie wetten«, sagt er. »Die gehen sicher davon aus, dass ihre Auftraggeber sie schon rausholen, wenn sie nur lange genug die Schnauze halten.«
»Da bin ich ja mal gespannt, über welche Kanäle *die* Raushole laufen soll«, sage ich.
»Irgendwer wird sich schon einmischen«, sagt der Calabretta. »Und falls nicht, kriegen wir sie spätestens dann zum Quatschen, wenn sie das Gefühl haben, jetzt lange genug gewartet zu haben.«

Ich lege auf und gehe ein paar Schritte. Der Himmel hat sich wie eine Decke über der Stadt ausgebreitet. Vielleicht aber auch eher wie ein Deckel. Man kann sich da in Hamburg nie ganz sicher sein, wie sich das im Laufe des Tages anfühlen wird. Manchmal wirkt so ein tiefer Himmel ja ganz tröstlich, liebevoll, lullt einen ein. Und manchmal frisst er einen einfach nur auf, macht alles dicht und unbeweglich. Sicher ist nur eins: Hell wird das heute nicht mehr.

In einer kleinen Bäckerei im Schanzenviertel kaufe ich für Carla und mich zwei kleine Kuchen, einen aus Schokolade mit hellem Pudding und bunten Perlen drauf und einen hellen mit Himbeerpudding und ein paar Brombeeren. Die Teile sind viel zu kitschig für uns, aber irgendwie ist mir danach. Ich weiß, dass Carla eher nach einem Schnaps sein wird, wenn sie aufwacht, ich habe auch kurz darüber nachgedacht, ihr eine Flasche Wodka ans Bett zu bringen, aber ich denke, dass das nach einer Narkose vielleicht doch nicht so ganz das Richtige ist.

Dann rufen sie auch schon an, die freundlichen Leute von der Klinik. Alles gutgegangen, sagen sie. Alles vorbei. Carla liegt im Aufwachraum. Ich soll dann langsam kommen.

Die Kuchen sind in rosa Seidenpapier mit roten Punkten drauf eingeschlagen. Ist jetzt vielleicht doch ein bisschen übertrieben.

☆

Ich hab Carla nach Hause gebracht. Ich hab sie in ihr Bett gelegt, ich hab sie zugedeckt, ich hab ihr eine Kanne Tee gekocht und hab ihre Tränen getrocknet. Ich hab sie festgehalten, als sie spucken musste, ich hab sie festgehalten, als sie wieder weinen musste, obwohl sie schon glaubte, sie hätte keine Tränen mehr. Ich hab sie verleugnet, als Rocco am Telefon war und mit ihr reden wollte, und ich hab geleugnet, dass es vielleicht auch okay gewesen wäre, das Kind zu bekommen. Ich hab ihr gesagt, dass alles gut wird, und ich hab ihr versprochen, dass Rocco nichts erfahren wird.

»Morgen geht's schon wieder«, hat sie gesagt, »morgen geht's ganz bestimmt wieder, morgen wird er nicht mehr merken, dass was passiert ist. Halt ihn mir nur bitte heute vom Hals.«

Ich hab gemacht, was sie wollte. Ich hab sie bewacht, bis Klatsche mich angerufen hat und gesagt hat, dass Rocco jetzt in der *Blauen Nacht* alleine weiterrenoviert und dass er an mich denken musste. Gefragt hat, ob wir uns sehen, ob ich zu ihm komme.

»Auf gemütlich«, hat er gesagt, »bin fix und fertig von der Renoviererei.«

»Klar«, hab ich gesagt und Carla noch mal zugedeckt, da hat sie schon geschlafen.

Dann bin ich los, und jetzt stehe ich hier vor Klatsches Wohnung neben meiner Wohnung und trau mich nicht zu klingeln.

Ich hab noch nie jemanden beschissen. Auch, weil ich vor Klatsche noch nie jemanden zum Bescheißen hat-

te. Klatsche bescheißt mich ja öfter mal. Und das finde ich meistens auch gar nicht so schlimm. Aber ich habe keine Ahnung, wie er das findet, wenn ich ihn bescheiße.
Ich sag wohl erst mal lieber nichts.
Die Tür geht auf.
»Wieso stehst'n du hier rum?«
Ich weiß nicht.
»Ich hatte das im Gefühl, dass du hier rumstehst. Irre, oder?«
Er zieht mich an sich. »Komm schon rein.«
Ich gehe ins Wohnzimmer und stelle mich ans Fenster. Er tritt von hinten an mich ran und nimmt mich in den Arm.
»Wir sind fast fertig mit der coolsten neuen Bar der Stadt«, sagt er und streicht mir übers Haar. »Freitag ist Eröffnung.«
Ich lehne mich an ihn und atme ein und wieder aus.
»Der Laden ist so verdammt schick geworden, Baby«, sagt er. »Ich bin gespannt, wie du das da findest.«
An der Wand gegenüber hat es ein Plakatmassaker gegeben. Irgendjemand hat offensichtlich letzte Nacht wahllos Plakate runtergerissen, mehrere Schichten, immer weg damit. Bis der bröckelnde Putz zum Vorschein kam.
»Da unten hat es ein Plakatmassaker gegeben«, sage ich.
Klatsche stellt sich neben mich, kuckt erst aus dem Fenster und dann zu mir. Er schüttelt den Kopf und nimmt mich in den Arm.

»Warum bin eigentlich ausgerechnet ich mit so einer komischen Frau zusammen?«
Weil du dir das sauer verdient hast.
Punkt.

UNSER MANN IN KOPENHAGEN

☆ ☆ ☆

Die geben keinen Mucks von sich«, sagt der Calabretta. »Die sagen nicht mal guten Tag.«
Er sitzt auf einem der durchgerockten schwarzen Schwingstühle auf der anderen Seite meines Schreibtischs. Er hat sich zurückgelehnt und die Arme überm Kopf verschränkt und grummelt aus dem Fenster. Mir fällt auf, dass sein Hemd gar nicht mehr überm Bauch spannt.
»Haben Sie abgenommen?«
»Was?«
»Nichts, schon gut.«
»Ich hab unsere Prügelfreunde gestern den ganzen Nachmittag in die Mangel genommen«, sagt er. »Die tun so, als hätte ihnen jemand die Zunge rausgeschnitten.«
»War doch klar«, sage ich.
»Trotzdem frustrierend«, sagt er. »Ich bin echt gut in Verhören. Und wenn dann da so gar nichts passiert, kratzt mich das. Ich meine, die schauen nicht mal weg. Die sitzen da, kucken mich an und schweigen.«

»Ganovenehre«, sage ich.
»Am Arsch Ganovenehre«, sagt er. »Die haben einfach Nerven wie Drahtseile. Robuste Typen. Russenmafiabescheißer. Da müssen wir den Schmorkessel verdammt lange auf dem Herd lassen, bis die weichwerden.«
Er kuckt wieder aus dem Fenster und stöhnt. Eisregen.
»Oder schnell an die Auftraggeber ran«, sage ich.
»ToftingInvest?«
»Ich glaube schon«, sage ich. »Passt doch alles. Arbeiten angeblich öfter mal mit Schlägertrupps, wenn nervige Mieter nicht ausziehen wollen. Scheren sich einen Dreck um die Leute in den Vierteln, die sie umpflügen. Und schmieren offensichtlich ein großes Tier in der Baubehörde.«
»Oder ein paar große Tiere.«
»Exakt«, sage ich. »Das spricht jetzt nicht automatisch für brutalen Mord, und aus Versehen kann das Massaker an den Tuckers ja auch nicht passiert sein. Aber ich finde, es reicht, um erst mal aus allen Rohren zu feuern.«
»Auch in Richtung Behörde?«
»Ja, aber unauffällig«, sage ich.
»Der Inceman soll einfach mal weiter rumbohren«, sagt Calabretta, »und dann kucken wir, was passiert.«
Da werde ich doch tatsächlich ein bisschen rot.
Ähem.

☆

Am Nachmittag, so gegen sechzehn Uhr, wird es ekelhaft.
Erstens hat der Eisregen Fahrt aufgenommen.
Zweitens gibt es wohl tatsächlich einen direkten Zusammenhang zwischen meinem Zigarettenkonsum und der Heftigkeit meiner Hustenanfälle. Und ich hab seit vorgestern Abend eine Menge geraucht. Ich habe das Gefühl, dass ich vielleicht wirklich mal aufhören sollte damit, wenn ich den Winter überleben will.
Drittens verweigern uns die dänischen Kollegen die Amtshilfe. Ohne Angabe von Gründen. Der Calabretta hatte nur mal eine Standardanfrage gestellt und war natürlich davon ausgegangen, dass das abgenickt wird. Wurde aber nicht.
Der dänische Kripomann, der ihm das mitteilen durfte, war auch einigermaßen verdattert. Und hat durchblicken lassen, dass die Anweisung von ganz oben kam, und zwar sehr, sehr schnell. ToftingInvest arbeitet mit Schmiergeldern, das lässt sich nicht mehr wegreden.
»Was machen wir jetzt?«
Ich kann hören, wie der Calabretta am anderen Ende der Leitung an seiner Zigarette zieht. Aha. Von wegen aufhören. Schlechte Nachrichten aus Dänemark, und ruck, zuck ist der Glimmstengel wieder an.
»Wir schicken den Faller«, sage ich.
»Nach Kopenhagen?«
»Genau«, sage ich. »Wenn unsere Polizisten nicht fahren dürfen, dann fährt eben unser Privatdetektiv.«

»Perfekt«, sagt der Calabretta. »Ein Rentner in Dänemark. Unauffälliger geht's ja kaum.«
Der Faller ist eine verdammte Geheimwaffe.

☆

Die Geheimwaffe sitzt neben mir auf der Sankt Pauli Erholung und raucht. Wir sitzen gerne auf der kleinen Promenade oberhalb der Landungsbrücken. Da ist Hamburg so Hamburg, Sankt Pauli nur Sankt Pauli. Und keiner geht hin. Total exklusive Ecke hier. Weil es nichts gibt außer einem Kiesweg, ein paar Bänken, ein paar Bäumen und dem Blick. Wir saßen hier mal an einem schönen Sonntag im Sommer und kuckten die Elbe entlang, und da hat der Faller gesagt:
»Die Reichen fahren an so einem Tag nach Sylt. Wir beide sitzen auf der Sankt Pauli Erholung.«
Daran muss ich immer denken, wenn ich auch nur im Entferntesten hier vorbeikomme: Wir beide sitzen auf der Sankt Pauli Erholung.
Ich hab meine Mütze auf und meinen Mantelkragen hochgeschlagen, so hoch, wie's nur geht. Der Faller hat seinen Hut tief ins Gesicht gezogen. Unsere Zigarettenspitzen sehen aus wie winterliche Glühwürmchen. Es weht kein Wind. Aber es ist nasskalt, feucht und klamm von unten, als hätte die Elbe einen Pegel von zwanzig Metern über normal.
»Wo steht Ihr Auto?«, frage ich.

»Gleich da vorne in der Bernhard-Nocht-Straße«, sagt er. »Wenn ich bald losfahre, bin ich noch vor Mitternacht in Kopenhagen.«
»Danke, dass Sie das machen«, sage ich.
»Danke, dass Sie mich lassen, mein Mädchen.«
Ich rutsche ein Stück tiefer in die modrige Holzbank rein und lande mit meiner Schulter an Fallers Arm, und wie von selbst legt er seinen Arm um mich, und wir schweigen noch eine Weile zu den Landungsbrücken rüber, und dann steht er auf und geht und fährt, und ich gehe nach Hause. Mit einem Gefühl im Bauch, als hätten wir gerade Vorbereitungen für eine große pyrotechnische Installation getroffen.

I SHOT A MAN IN RENO JUST TO WATCH HIM DIE

★ ★ ★

Also. Das mit dem Inceman ist nun mal passiert, da kann man nicht mehr viel machen. Ich kann nur eins tun: das Präsidium für eine Weile weitläufig umfahren. Damit wir uns nicht ständig begegnen. Gras über die Sache wachsen lassen. Der Inceman hat das sofort begriffen. Er wird mich nicht anrufen, das weiß ich. Und der Calabretta weiß auch, was gespielt wird. Das musste ich ihm gar nicht sagen, das wusste der auch so. Wir treffen uns nicht in seinem Büro. Wir treffen uns beim lautesten Italiener der Stadt. Das ist im Grunde total nervig hier. Seit Jahren läuft die immergleiche Salsamusik, was allein ja schon reichen würde, um durchzudrehen. Diese Musik wird auch noch so laut wie möglich abgespielt. Was zur Folge hat, dass die Kellner einen permanent anschreien. Und weil das Personal so brüllt, müssen die Gäste auch brüllen, und so ergibt ein Schrei den anderen, und eigentlich ist es kaum auszuhalten. Aber die Kellner sind lustig, und die Pizza ist gut, und der Calabretta liebt den Laden, was soll's. Ich schreie ja so selten rum, da kann ich das schon mal machen. Und es ist immerhin krawallig genug hier, dass niemand hören kann, worüber wir reden. Der Calabretta schneidet ein Stück von seiner Pizza mit Anchovis ab, beißt rein und kaut.

»Fabelhafte Pizza. Hat der Faller sich schon bei Ihnen gemeldet?«

»Nein«, sage ich. Aber daran denke ich im Moment auch gar nicht. Der Faller wird schon anrufen, wenn was ist.

»Ich konnte letzte Nacht nicht schlafen«, sage ich, »ich hab alles noch mal im Kopf gedreht. Uns fehlt irgendwas. Kann ja sein, dass ToftingInvest die Schläger geschickt hat, um die Tuckers einzuschüchtern. Kann auch gut sein, dass die Baubehörde da irgendwie mit drinsteckt. Aber das reicht doch nicht für so ein Gemetzel, oder? Auch, wenn Walt die Schläger vielleicht provoziert und ihnen zurückgedroht hat, vielleicht sogar mit seiner Waffe. Das führt nicht zu so einem Gewaltausbruch. Da ist noch mehr. Da ist eine Lücke, Calabretta.«

»Glauben Sie, da ist noch ein Täter?«

»Vielleicht«, sage ich. »Vielleicht auch nur ein Bindeglied.«

Der Calabretta lehnt sich zurück, verschränkt die Arme hinterm Kopf und kuckt aus dem Fenster. Dann macht er die Augen zu. Er denkt nach. Ich kann sehen, wie er hinter seiner Stirn mit Gedanken häkelt. Und auch in mir wächst eine Ahnung, aber eine äußerst neblige.

Als der Calabretta die Augen wieder aufmacht, sagt er:
»Amy Tucker.«
»An Amy hab ich auch eben gedacht. Zumindest geht mir ihr Name nicht mehr aus dem Kopf. Was ist eigentlich mit der?«
Einer der Kellner kommt und brüllt uns an. Ob wir noch was trinken wollen.
Der Calabretta bestellt eine Apfelschorle, ich einen Espresso.
»Ja, was ist eigentlich mit der …«, sagt der Calabretta.
»Um die haben wir uns nicht ordentlich gekümmert. Die ist uns ein bisschen durchs Netz gerutscht.«
Ich schiebe meinen Teller zur Seite und wische ein paar Brotkrümel von dem dunklen Holztisch.
»Setzen Sie den Inceman dran.«

☆

Als der schöne Türke mich anruft, um mir zu sagen, was er über Amy Tucker rausgefunden hat, ist das im ersten Moment ein Gefühl, als würde ich auf einem Zahnstocher balancieren. Seine Stimme macht mich wackelig. Ich reiße das Fenster auf, lasse die kalte Luft in mein Büro. Ich habe die Hoffnung, dass mein Schwindelgefühl davon besser wird, aber das passiert nicht.
»Wie geht's dir?«, fragt er.

Ich zünde mir eine Zigarette an. »Haben Sie was rausgefunden?«
»Verstehe«, sagt er. »Wir sind also wieder beim Sie.«
Ich rauche.
»Finde ich sexy«, sagt er.
Ich antworte nicht. Seine Souveränität macht mich noch mal wahnsinnig.
»Amy Tucker wohnt in Malmö«, sagt er, »fährt aber jeden Morgen nach Kopenhagen zur Arbeit. Das ist jetzt noch nichts Besonderes, das machen viele. Das Ding ist, dass die PR-Agentur, für die sie arbeitet, im gleichen Gebäude sitzt wie ToftingInvest.«
»Oh«, sage ich.
»Richtig«, sagt er, »oh, oh.«
»Dann rufe ich mal schnell den Faller an und sage ihm, er soll weiter nach Malmö fahren, oder?«
»Kann nicht schaden.«
Ich lege auf, halte meinen Kopf aus dem Fenster und hoffe darauf, dass der nächstbeste Schwerlasttransporter kommt und ihn mir einfach abreißt.

☆

»Wo sind Sie?«
Der Faller hört sich an, als wäre er auf der Autobahn.
»Auf der Autobahn!«
Verdammt, der ist schon wieder auf dem Weg nach Hamburg.

»Drehen Sie um, Sie müssen nach Malmö.«
»Ich bin siebzehn Kilometer vor Malmö«, sagt er.
»Wieso …«
»Fräulein Tucker arbeitet nicht nur im selben Haus, in dem ToftingInvest sitzt, sie geht bei unseren Immobilienhaien auch ein und aus. Jetzt sitzt sie vor mir in einem alten Lancia Beta und brettert in einem Affenzahn durch die Landschaft.«
Der Faller wieder. Schneller als die Polizei.
»Ich werd bei ihr ein bisschen Sturm klingeln, sobald sie zu Hause ist. Und ihr dann auf ihre blitzenden Zähne fühlen.«
»Rufen Sie mich an, wenn Sie mit ihr geredet haben?«
»Wenn ich Zeit hab.«
Klick. Im Moment hat der Faller offensichtlich keine Zeit.

☆

Und schon macht die *Blaue Nacht* wieder auf. Mit Klatsche und Rocco Malutki hinterm Tresen und Pauken und Trompeten sowieso. Es ist voll und stickig und laut. Es ist schön. Die beiden haben das gut gemacht. Es sieht im Grunde aus wie vorher, nur nicht mehr so klebrig und heruntergekommen. Sie haben die alten Fotos von Ali und der versammelten Box- und Fußballprominenz abgenommen, aussortiert, sauber gemacht und nur die lustigsten wieder an die

Wände gehängt. Mein Lieblingsbild ist das, auf dem Ali mit dem größten und gleichzeitig kleinsten Hamburger Fußballer aller Zeiten zu sehen ist. Ali ist fast doppelt so groß wie der lustige Kugelblitz, und der Fotograf hat offensichtlich nicht eine Sekunde darüber nachgedacht, das irgendwie auszugleichen. Und der Fußballstar hat trotzdem versucht, Ali den Arm um die Schulter zu legen. Ich hab als kleines Mädchen mal versucht, einen Rocker in den Schwitzkasten zu nehmen, der meinem Kumpel aus Gemeinheit den Ball weggetreten hatte. Das muss ähnlich ausgesehen haben.
Klatsche und Rocco haben den ganzen Laden in einem dunklen Rot gestrichen, die Decken, Türrahmen und Türen leuchten in kräftigem Creme. Den Tresen und die Tische und Stühle haben sie übernommen, sie haben das alles lediglich abgeschliffen, von vierzig Jahren Bier und Nikotin befreit und mal wieder ein bisschen gerade gerückt. Da, wo früher die Glotze mit dem Dauerpornoprogramm stand, steht jetzt eine blitzende Wurlitzer-Jukebox. Und das düstere Holzregal, das noch vor ein paar Wochen über der Theke baumelte und eine permanente Totschlags-Drohung für den Barmann war, ist endlich weg. Stattdessen hängt da eine wirklich feine blaue Leuchtschrift: *Blaue Nacht.*
Am meisten aber leuchten Klatsche und Rocco. Sie haben sich schick gemacht. Klatsche trägt einen neuen schwarzen Pullover und eine ziemlich enge Jeans. Er sieht genauso aus, wie er ist: jung, stark, klug. Rocco

trägt seinen besten Secondhand-Anzug, ein dunkles Modell mit feinen Nadelstreifen, und darunter ein schmales schwarzes Hemd, das vielleicht einen Tick zu weit offen ist, vielleicht aber auch nicht. Ich stehe in einer Ecke neben der Jukebox und sehe mir die beiden an. Sie sehen aus wie zwei Kapitäne, die nach langer Zeit auf dem Trockenen endlich mal wieder mit einem Schiff auslaufen dürfen. Wahrscheinlich haben sie das Richtige getan. Auch wenn hier bestimmt insgesamt über siebenhundert Jahre Knast versammelt sind und ich nicht weiß, wie genau sich das auf Klatsches Abstinenz von der Gangsterbranche auswirken wird.

Klatsche kommt mit zwei doppelten Wodka hinter der Theke hervor und arbeitet sich zu mir durch.

»Schön, dass du da bist, Baby.«

Er drückt mir das Glas in die Hand und einen Kuss auf die Lippen.

Schön, dass du da bist, denke ich und küsse zurück.

»Kannst du dich um die Musik kümmern? Damit hier heute die Stimmung passt. Du weißt schon.«

»Mach ich«, sag ich, »und jetzt zisch wieder ab, deine Gäste brauchen dich.«

Er kneift mir in den Hintern, und bevor ich zurückkneifen kann, ist er auch schon wieder weg.

Ich kippe meinen Wodka, mache dabei kurz die Augen zu, und plötzlich ist da der Inceman in meinem Kopf, mein Gehirnfilm läuft in schnellen Schnitten, da sind seine Augen, seine Haare, seine Lippen. Ich muss damit aufhören.

Schmeiße einen Euro in die Jukebox und hole den jungen Johnny Cash aus seinem Grab. *I shot a man in Reno, just to watch him die.*
Und da steht auch schon Carla in der Tür. Sie sieht aus, als wäre nichts gewesen.
Bis auf den kleinen traurigen Schatten auf ihrer Stirn. Sie kommt zu mir rüber an die Jukebox, umarmt mich, streicht sich ihre kurzen Locken hinter die Ohren und holt eine Flasche Champagner aus ihrer Manteltasche.
»Wie kommste denn darauf?«, frage ich sie.
»Der Laden hier hat doch Geburtstag, oder?«
Sie lässt gekonnt den Korken ein ganz kleines bisschen knallen, nur für uns beide.
»Mir war nach ein bisschen Glamour in diesen Tagen.«
Dann zieht sie noch zwei geschliffene Gläser aus dem Mantel, schenkt die Kopfbrause ein und gibt mir ein Glas.
»Auf unsere Jungs«, sagt sie und trinkt.
Ich trinke auch, und dann frage ich sie: »Wie geht's dir?«
»Weiß ich nicht«, sagt sie. »Ich fühl mich alt.«
Sie schaut durch den Raum, ihre Augen suchen Rocco. Die Haut über ihren Wangenknochen hat diesen ganz speziellen Glanz, den nur die Haut einer Frau mit Herz hat. Sie sieht doch nicht aus, als wäre nichts gewesen. Jetzt, im rötlich schimmernden Licht, kann ich ihre Verletzung sehen. Es ist nicht nur der Schatten auf der Stirn. Es ist mehr. Ihr ganzer Körper. Ihre Haltung, die Art, wie sie sich bewegt. Ja, sie ist gealtert in

der letzten Woche. Da ist eine weitere Kerbe ins Holz geschlagen worden.

»Für ihn tut's mir leid«, sagt sie und kuckt Rocco an, der ein Tablett mit Bierflaschen durch die Bar balanciert.

Mir tut's für dich leid, denke ich, aber das sage ich nicht. Ich greife im Gedränge nach ihrer Hand und halte sie fest, bis Johnny Cash die Gitarre an Joao Gilberto übergibt.

IN DER MUTTERANSTALT

☆ ☆ ☆

Es ist kurz nach halb neun, als ich zum ersten Mal aufwache. Ich stehe auf und schleiche mit halboffenen Augen durch Klatsches Wohnung. Im Wohnzimmer schaue ich ein bisschen aus dem Fenster, aber nur ein ganz kleines bisschen, ich will ja eigentlich noch gar nichts sehen. In den Straßen liegt zäher Nebel. Auf dem Weg zurück ins Schlafzimmer stolpere ich im Flur über meine Jeans und Klatsches Stiefel. Im Bett stolpere ich über das zerwühlte Laken.

Zumindest letzte Nacht war offensichtlich wieder alles in Ordnung zwischen uns.

☆

Der Nebel hat sich den ganzen Tag über kein Stück von der Stelle bewegt. Ich kämpfe mich durch die Wallanlagen und die hartnäckige Suppe. Ich bin auf dem Weg zur Mutteranstalt. So nennen unsere Freunde aus der Halbwelt das Untersuchungsgefängnis am Holstenglacis. Der Calabretta hat mich eben angerufen, da war er schon unterwegs. Die für Caltzo und Rubsch zuständigen Justizbeamten haben ihn informiert, dass die beiden Herren Gesprächsbereitschaft signalisieren. Ihre Auftraggeber haben offensichtlich noch nichts dafür getan, die Killer rauszuholen. Da wird man als Mordverdächtiger natürlich langsam unruhig.

☆

Caltzo will nicht reden. Der hofft wohl doch noch. Aber Rubsch hat die Schnauze schon voll. Hätte ich jetzt gar nicht gedacht, dass die nicht mal eine Woche durchhalten.

Wir sitzen in einer von den steinfarben gestrichenen Vernehmungszellen. Der Calabretta und ich auf der einen Seite des etwas zu hohen Tischs, Rubsch auf der anderen. Die Männer haben Kaffee vor sich, ich einen Aschenbecher. Ich biete Rubsch eine Zigarette an.

»Danke, Lady«, sagt er.

Ich gebe ihm Feuer, er zieht, inhaliert, bläst den Rauch an die Decke und sagt:

»Okay.«

Der Calabretta und ich kucken ihn an.

»Es gibt ein Hausboot«, sagt Rubsch. »Im Spreehafen.«

»Wo genau?«, fragt der Calabretta.

»Berliner Ufer. Eine umgebaute Barkasse. Blau lackiert.«
»Was ist auf dem Hausboot?«, frage ich.
Rubsch zieht kräftig an seiner Zigarette.
»Was ist auf dem Hausboot?«, frage ich noch mal.
»Ich an Ihrer Stelle würde reden«, sagt der Calabretta. »Vielleicht dreht sich ja der Mord dann doch noch in Totschlag.«
»Ich hab niemanden umgebracht«, sagt Rubsch.
»Dann hat Ihr Kollege geschossen?«, fragt der Calabretta.
»Nein«, sagt Rubsch. »Keiner von uns hat geschossen. Der Waffenschrank war zu, als wir wieder raus sind.«
»Sie geben also zu, dass Sie es waren, die die Tuckers halb totgeschlagen haben?«, frage ich.
Er zieht noch mal kräftig an seiner Zigarette, dann drückt er sie in meinem Aschenbecher aus, steht auf und klopft an die Zellentür.
Das war's dann wohl schon. Na ja. Immerhin. Hab ich Fußball nicht ganz umsonst ausfallen lassen.
Ein Beamter öffnet die Tür und holt Rubsch wieder ab. Als der Calabretta und ich wieder alleine sind, klingelt mein Telefon.
»Der Faller«, sage ich.
Der Calabretta macht sein Italienergesicht. Kinn vor, Lippen geschürzt, kurzes Nicken. Ich gehe ran.
»Moin!«, sagt der Faller. Er klingt aufgeregt.
»Moin«, sage ich, »wie sieht's aus?«
»Die Alte hat einen an der Waffel«, sagt er. »So cool die am Telefon war, so durchgeknallt ist sie, wenn man vor ihr steht.«

»Weil?«
»Fühlt sich ungerecht behandelt von der Welt, zu kurz gekommen. Glaubt, dass alle ihr was am Zeug flicken wollen. Die fühlt sich bedroht, glaube ich. Hat mir eine wirre Story erzählt von den Reichen und den Armen und darüber, dass man niemandem trauen soll, auch der eigenen Familie nicht. Wenn Sie mich fragen, ist die paranoid und gehört in Behandlung. Und sie kratzt sich. Man wird ganz hibbelig, wenn die vor einem steht.«
»Was haben Sie vor?«
»Ich bleib erst mal hier. Versuche noch mal, mit ihr zu reden.«
»Viel Glück, Faller.«
Er hat schon aufgelegt.
Der Calabretta und ich packen unsere Jacken und machen uns auf den Weg in die nächste Kneipe. Wenn wir uns beeilen, schaffen wir's noch zur zweiten Halbzeit. Denn, Achtung: Heute ist Jupp Heynckes in der Stadt.

HONDURAS

☆ ☆ ☆

Der Calabretta und ich haben gestern Abend eigentlich abgemacht, dass wir gleich Montag früh nach dem Hausboot im Spreehafen suchen. Weil er heute zu seiner Mutter muss, wie jeden Sonntag, da ist nichts dran zu rütteln. Ich hab mich also stundenlang zusammengerissen und zu Hause rumgesessen, aber jetzt kann ich nicht mehr. Ich muss schon mal los. Nur kurz kucken. Ich kann das Boot nicht einfach bis morgen da liegen lassen.

Ich geh rüber zu Klatsche und klopfe. Klopfe noch mal. Und noch mal. Er macht nicht auf. Hm. Ich gehe wieder zu mir.

Ich würde gerne jemanden mit in den Freihafen nehmen. Es ist immer noch neblig draußen. Die Sicht ist schlecht, und ich kenne mich im Spreehafen nicht aus.

Die Kollegen Brückner und Schulle liegen mit Schweinegrippe im Bett, die will ich nicht nerven. Ich rufe mir ein Taxi, schnappe meinen Mantel und meine

Mütze, und während ich die Treppen runtergehe, rufe ich beim Inceman an.
Ich hab nicht nachgedacht.
Bevor er rangeht, lege ich auf und mache mein Telefon aus.

☆

Und dann gibt es im Hamburger Süden noch Orte wie diesen. Hochsehnsüchtige Ecken, auf den ersten Blick so Caspar-David-Friedrich-Ecken mit lauschigem Grün und Blau und Sand, mit Wiesen und Meer und Strand. Auf den zweiten und dritten Blick merkt man dann, dass es nur das Licht ist, das einen dermaßen am romantischen Muskel zu packen kriegt. Und natürlich das Wasser. Die bunten Hausboote, die mehr Häuser als Boote sind und alle aussehen, als wären sie siebzehn Mal lackiert. Pippi-Langstrumpf-Dinger. Und die gammelige Industrie am Horizont verwandelt sich in Feengedanken.
Das Verrückte am Spreehafen ist, dass das Licht dort gar kein Licht braucht, um da zu sein. Sogar an Tagen wie heute, an denen der Nebel den Himmel schluckt und die Sonne keine Chance hat, erkennt man das Licht. In dieser Zwischenwelt. Nicht Wasser, nicht Land. Elbe.
Ich laufe eine Weile am Ufer entlang und schaue Richtung Innenstadt. Ich war bisher ein einziges Mal hier,

ist schon Jahre her. Das war an einem Frühlingssommerabend, es muss im Juni gewesen sein, weil es überhaupt nicht dunkel werden wollte. Carla hat mich durch den Hafen geschleppt. Der Tag war warm gewesen, wir hatten den Nachmittag auf einem Ponton verbracht und Bier getrunken. Irgendwann sind wir dann am Spreehafen gelandet. Ich erinnere mich nicht mehr an viele Details jenes Abends, aber dieses spezielle Licht hab ich noch im Kopf. Und Carla, die ich damals noch nicht lange kannte. Ihre langen Haare, ewig lang waren die, fast bis zur Taille. Ihr Lachen, klar und dreckig zugleich, das es locker von da bis zum Michel geschafft hat. Sie hat mir an dem Abend zum ersten Mal von ihrem damaligen Lover Fernando erzählt. Die beiden waren manchmal ein Paar und manchmal nicht, und jede Änderung der Verhältnisse ging mit alles verschlingenden Leidenschaften einher. Einer war immer am Heulen, spätestens alle drei Wochen. Ich war geplättet. Ich hatte vor Carla noch nie jemanden getroffen, der so viel Gefühl in Worte legen kann. Am Ende ihrer Erzählungen dachte ich, ich müsste Fernando umbringen oder ihn zumindest verhaften lassen. Carla sagt nur: »Ist doch gar nix.«

Ich frage mich, ob ich ihr von der Sache mit dem Inceman erzählen soll. Carla wüsste, wie ich mich fühlen muss. Ich weiß es nämlich nicht. Aber Carla ist auch mit Klatsche befreundet. Ich will sie nicht in Schwierigkeiten bringen.

Das Boot liegt unter Bäumen. Die Büsche am Ufer haben den letzten Sommer dafür genutzt, auf die Reling überzusetzen. Sie sehen aus wie Gespensterfinger, die nach der blaulackierten Barkasse greifen. Ich mache einen großen Schritt und bin drauf. Es schwankt kurz ein bisschen, dann liegt das Boot wieder still. Ansonsten auch: Stille. Ein paar entfernte Hafengeräusche, aber nur wenn man ganz genau hinhört. Die Stadt scheint weit, weit weg. Ich mache die Augen zu, lasse die feuchte Luft auf meine Lider fallen und stelle mir vor, wie es wäre, auf einem Hausboot zu leben. In so einer Stille. Ich weiß nicht.

Die kleine Tür zur Kajüte ist zu. Wenn ich die jetzt mit meiner Kreditkarte aufkriege, geh ich rein. Wenn nicht, ruf ich mir ein Taxi und fahr wieder zurück in die Stadt. Ich hole die Karte aus meiner Hosentasche. Setze sie einen Fingerbreit über dem Schloss an und schiebe sie in den Schlitz zwischen Tür und Holzrahmen. Fahre damit nach unten, bis ich den Widerstand spüre, zwitschere die Karte ein bisschen hin und her, und – klack, auf.

Ich bin immer wieder verwundert, wie einfach das geht, so eine Tür zu knacken. Irgendwie kann ich Klatsche verstehen. Wenn man einmal merkt, wie schnell man drin ist, macht man das halt wieder.

In der Kajüte ist einigermaßen Platz. Es gibt ein Sofa, das man vermutlich zum Bett umbauen kann, einen Klapptisch, eine kleine Küchenzeile, einen Küchenschrank und hinten links eine Toilette und ein Waschbecken. Das ist nicht viel, aber es reicht, um eine Weile auf dem Boot zu leben. Ich frage mich, was hier großartig sein soll. Was Rubsch hiermit wohl verraten hat. Entweder den Besitzer oder irgendetwas, das hier versteckt ist.

Ich fange beim Küchenschrank an. Da ist nichts außer drei ziemlich verdreckten Tassen, auf denen in kitschiger Schrift *Kapitän, Bootsmann* und *Steuermann* steht. Unter der Spüle finde ich einen leeren Plastikmülleimer, eine halbvolle Flasche Spülmittel, einen alten Lappen. Im Ofen rosten ein paar Krümel. Schon lange keiner mehr hier gewesen, das riecht man irgendwie. Die Barkasse schwankt wieder ein bisschen, ich klappe den kleinen Ofen zu und will mich gerade wieder aufrichten, da kriege ich dermaßen eine über den Schädel gezogen, das ist erst dumpf, dann blitzhell, und dann – dunkel.

☆

Es riecht nach Rauch, nach nassem, brennendem Holz, nach Lack, ich weiß gar nicht. Wieso denn. Wieso riecht das so. Aua, mein Kopf. Was? Ach du heilige Scheiße. Es knistert. Ich kriege die Augen für einen Moment auf und will aufstehen, aber mir ist so schwindelig, und ich muss husten, und vor meinen Augen wird es schon wieder dunkel. Ich versuche es noch mal. Augen auf. Verdammt. So. Und dann wenigstens mal auf alle viere. Aha. Da hinten brennt's. Das Heck brennt. Das Boot, auf dem ich bin, brennt. Okay. Verstanden. Raus hier. Zur Not eben auf allen vieren.

Ich krieche Richtung Kajütenausgang, aber als ich an der Tür ankomme, ist die natürlich zu. Abgeschlossen. Hätte ich mir denken können. Würde ich genauso machen. Hinsetzen. Geht. Einmal nachdenken. Noch ist das Feuer draußen. Aber bald ist es hier drinnen. Altes Holz. Brennt gut. Telefon. Mein Telefon. Ich schiebe meine Hand in meine Manteltasche. Mein Telefon ist weg. Natürlich. Liegt wahrscheinlich sicher im Spreehafen versenkt. Die Fenster. Ich muss die Fenster einschlagen und hier irgendwie raus. Ich ziehe mich hoch, schwanke einmal nach links und einmal nach rechts und werfe mich, so gut ich kann, mit dem Ellbogen voraus gegen die Fenster. Es knackt. Noch mal. Links, rechts, Ellbogen voraus. Es splittert. Das Fenster ist gesplittert. Ich ziehe mir den Mantelärmel über die Faust und haue das restliche Glas aus dem Fensterrahmen. Dann stelle ich mich auf die kleine Bank unterm Fenster, strecke mein rechtes Bein durch, setze den Fuß draußen auf der schmalen Brüstung ab. Das Fenster ist superschmal, ich muss den Schlangenmenschen machen. Ich stütze mich mit beiden Händen auf der Bank ab, kriege irgendwie auch mein linkes Bein durchs Fenster auf die Brüstung, dann muss nur noch mein Oberkörper raus, so. Draußen.

Ich setze mich auf die Brüstung, stütze mich mit den Füßen an der Kaimauer ab und huste ein bisschen. Dann erst mal: atmen. Ich stehe auf, mache einen großen Schritt übers Wasser, dann bin ich auf der Kaimauer. Ich bleibe noch eine Sekunde dort stehen und

kucke mir das brennende Boot an. In der Kajüte, auf dem Kajütenboden, genau da, wo ich eben vorbeigekrochen sein muss, klafft ein Loch. Jemand hat die Holzplanken rausgehebelt. Um an irgendwas zu kommen, das unter den Holzplanken versteckt war. Und dieser Jemand hat mir vermutlich auch so erstklassig eine übergezogen und dann die Barkasse angezündet. Da hab ich mich ja ganz hervorragend übertölpeln lassen.
Ich höre ein Auto kommen und gehe hinter den Büschen in Deckung. Vielleicht kommt da noch mal jemand zurück. Man weiß ja nie. Und ich fühle mich im Augenblick doch etwas wehrlos. Das Auto kommt näher. Ich blinzele durch die Büsche hindurch zur Straße und erkenne den alten Benz schon von weitem. Der Faller.

☆

Zu den herausragenden charakterlichen Eigenschaften vom Faller gehört, dass er wahnsinnig altmodisch ist. Das ist manchmal super, zum Beispiel, wenn man deshalb in einem alten Benz ohne vernünftige Sicherheitsgurte durch den Freihafen in Richtung Flughafen heizen kann, statt in einem supermodernen Irgendwasmodell zu sitzen. Manchmal ist es aber auch schlecht, weil der Faller nur ein vorsintflutliches Mobiltelefon besitzt, einen richtigen großen Knochen,

mit dem man weder Fotos machen noch welche verschicken kann.
Denn wir haben zwar gerade schon mit den Kollegen am Flughafen in Fuhlsbüttel telefoniert, und die haben uns auch zugesichert, dass eine Amy Tucker unter keinen Umständen das Land verlassen wird, aber das wird uns nicht viel nützen.
»Sie hat schon für den Flug von Kopenhagen nach Hamburg einen falschen Pass benutzt«, sagt der Faller. »Sie ist unter dem Namen Stine Tomasson geflogen.«
Der Flughafen hat uns versprochen, dass auch eine Stine Tomasson unter keinen Umständen das Land verlassen wird.
»Sie wird den Namen nicht noch mal benutzen«, sagt der Faller. »Die ist wahnsinnig, aber dumm ist sie nicht.«
Wäre mein blödes Telefon nicht in der Elbe gelandet, könnten wir eins von Fallers Bildern, die er mit seiner für seinen neuen Job frisch angeschafften digitalen Spionagekamera mit dem Superobjektiv von Amy gemacht hat, abfotografieren und an die Kollegen vom Flughafen schicken. Können wir aber nun mal leider nicht. Das ist echt zum Verrücktwerden. Da hat der Faller doch tatsächlich eine Digitalkamera, und sie nützt uns nichts.
Amy Tucker ist erkennungsdienstlich nicht erfasst. Es gibt kein ordentliches Bild. Nur jede Menge Fotos von diversen Amy Tuckers im Netz. Bringt gar nichts.
»Drücken Sie auf die Tube, Faller«, sage ich, als wir durch Barmbek brettern und der Faller mir in Ver-

satzstücken erzählt, was er weiß: dass Amy wirklich richtig einen an der Rassel hat. Sie ist offensichtlich besessen davon, dass ihr Onkel Walt seinen Bruder, Amys Vater, um sein ganzes Leben beschissen hat. Der Faller konnte nicht rauskriegen, worum genau es gegangen ist, aber da muss entweder sehr viel Geld oder sehr viel Ehre im Spiel gewesen sein. Vielleicht war's eine Ölquelle, vielleicht war's eine Frau, das weiß der Faller nicht. Auf jeden Fall hat Amys Vater die ganze Sache nie verkraftet. Die Brüder haben sich zerstritten und bis aufs Blut gehasst, Amys Vater ist darüber zum Säufer geworden und gestorben. Lorraine hat ihrem Mann das nie verziehen. Amy ist wohl vor einem halben Jahr in Hamburg gewesen und hat von Walt eine Entschuldigung gefordert und wahrscheinlich auch Geld. Walt hat sie beschimpft und im Quadrat rausgeschmissen.

Amy hat dann ToftingInvest auf das Haus in Wilhelmsburg aufmerksam gemacht. Sie arbeitet für eine PR-Agentur, die wiederum die PR für ToftingInvest macht. Deshalb kennt sie sich in der Firma gut aus.

»Und?«, frage ich.

»Ich glaube«, sagt der Faller, »dass ToftingInvest nach einiger Zeit die Schläger geschickt hat, so wie das bei denen ja wohl üblich ist. Und ich glaube, Amy wusste das. Vielleicht hat sie sich sogar um die Schläger gekümmert. So läuft das nämlich bei ToftingInvest. Die kümmern sich selbst um gar nichts. Blütenweiße Weste. Die lassen machen. So oder so wird Amy noch ein bisschen Geld draufgelegt haben, damit Caltzo und

Rubsch auch wirklich zuhauen. Vielleicht sogar, damit ihr Onkel und ihre Tante sterben. Oder sie war in der Tatnacht selbst in Hamburg und hat ihre Verwandten mit Walts Waffe erschossen. Die ist so durch den Wind, der trau ich das absolut zu.«

Während wir fahren und der Faller erzählt, kucke ich mir immer wieder die Bilder von Amy an, die der Faller gemacht hat. Ein zierliches, hübsches Persönchen. Süße dunkle Locken. Schöne dunkle Augen. Harter, verbitterter Zug um den Mund.

»Und die soll mich bewusstlos geschlagen haben?«

»Dazu ist sie in der Lage, verlassen Sie sich drauf«, sagt der Faller. »Die spinnt, und Spinner entwickeln ungeahnte Kräfte, wenn's um ihre Spinnerei geht.«

»Aber warum hat sie einen Privatdetektiv engagiert?«, frage ich.

»Das hat sie nicht durchblicken lassen«, sagt der Faller. »Ich schätze, sie hat einen Dummen gesucht, der sie genau darüber informiert, wie der Ermittlungsstand der Polizei ist. Damit sie sich gegebenenfalls absetzen kann. Hat sie sich aber den Falschen ausgesucht.«

Hat sie.

Sie dachte wahrscheinlich, dass der Opi froh ist, wenn er seine Ruhe hat, und nicht anfangen wird, sich in irgendwas reinzufuchsen. Sie hat sicher nicht damit gerechnet, dass der Faller nicht lockerlässt. Dass er vor ihrer Tür wartet, dass er sie beschattet. Dass er durchs Fenster beobachtet, wie sie einen Anruf bekommt und hektisch anfängt zu packen. Dass er ihr nachfährt bis zum Kopenhagener Flughafen. Dass er sie bis zum Check-in nach Hamburg verfolgt. Dass er Glück hat und ihr Flug wegen vereister Tragflächen zwei Stunden Verspätung. Dass er den Bleifuß macht und sich tatsächlich am Hamburger Flughafen wieder an ihre Fersen heftet. Dass er ihrem schicken kleinen Mietwagen bis zu der alten Barkasse im Spreehafen folgt.

Der Faller ist echt unglaublich.

»Ich war schon wieder hinter ihr her auf dem Weg zurück zum Flughafen«, sagt er, »da hatte ich das Gefühl, dass jemand auf dem Boot ist.«

»Manchmal sind Sie mir unheimlich, Faller.«

»Ich hatte ein paar Mal versucht, Sie anzurufen, aber Ihr Telefon war aus«, sagt er. »Das kam mir irgendwie komisch vor.«

»Wer hat Amy Tucker angerufen?«, frage ich. »Und was hat sie von dem verdammten Boot geholt?«

Der Faller schiebt seinen Hut ein bisschen aus der Stirn, zuckt mit den Schultern und fährt über Rot, als hätte er immer noch ein Blaulicht auf dem Autodach. Komme mir ein bisschen vor, als würde ich mit Kojak im Auto sitzen.

☆

Wir jagen über den Flughafen. Der Faller keucht, ich huste. Wir zeigen jedem das Bild, das wir von Amy haben. Nach über einer Stunde, am Schalter von Con-

tinental Airlines, hat eine Dame vom Bodenpersonal Erbarmen mit uns.
»Ja«, sagt sie, »könnte sein. Die Haare waren allerdings blond und kurz.«
Sie sieht auf der Passagierliste nach.
»Da«, sagt sie, »das war sie. Marcelinha Pantani. Die Maschine ist eben gestartet.«
»Wohin?«, frage ich.
»San Pedro Sula«, sagt sie. »Honduras.«
Der Faller sieht aus, als wolle er gleich seinen Hut essen. Ich lasse den Kopf hängen und rufe den Calabretta an.

☆

Der Calabretta sagt immer: Wenn du schlechte Laune hast, musst du was essen gehen. Wir treffen uns in dem kleinen Kebab-Laden bei mir in der Straße. Der Laden ist wirklich sehr klein. Man isst entweder im Stehen oder an dem einen Tisch hinten links in der Ecke. Über dem Tisch hängt ein Fernseher, und da laufen rund um die Uhr türkische Actionknallerfilme ohne Ton. Aus den Boxen kommt Bossa-Nova-Musik. Ich mag die Mischung. Und das Essen ist gut.
Als der Faller und ich ankommen, ist der Calabretta schon da. Weil der Tisch besetzt ist, lehnt er an der Wand neben der Theke. Er trinkt Cola.
»Cola«, sagt der Faller, »das ist schon mal sehr gut. Haben Sie was zu essen bestellt?«

Der Calabretta schüttelt den Kopf und sagt: »Meine Mutter hat mich vollgestopft. Mir reicht ’ne Cola.«
»Chastity?«, fragt der Faller.
»Falafel«, sage ich.
Der Faller bestellt Falafel für mich und für sich einen Dürüm Döner. Und zwei Cola.
Dann lehnen wir alle drei nebeneinander an der Wand und warten aufs Essen. An der Wand gegenüber hängt ein Zigarettenautomat, und der Automat ist über und über mit Sankt-Pauli-Stickern beklebt. Totenköpfe, Hamburg ist braun-weiß, Ultra Sankt Pauli, Fuck HSV, Goodbye Stani, Sankt Pauli Sechste Herren. Neben dem Automaten leidet eine kümmerliche Topfpflanze. So ein armes Ding mit kleinen Blättern. Der Dönerladen sieht aus, als wäre er komplett aus Beton, hat keine Fenster, nur eine Tür. Hart für Pflanzen.
Die Chefs sind Brüder, beide vielleicht Ende zwanzig, Anfang dreißig. Keine Zwillinge, würde ich sagen, aber große Ähnlichkeit. Lausebengelgesichter, mit Lachfalten um die Augen und verschmitzten Mündern. Sie tragen immer T-Shirts mit irgendwelchen Anarcho-Aufdrucken, einem roten Stern oder einer Faust gegen Nazis oder so ’n Kram. Das passt irgendwie nicht zu der Ernsthaftigkeit und Seriosität, mit der sie hier Döner, Lahmacun und Falafel verkaufen. Sie sehen eher aus wie zwei Söhnchen, die den ganzen Tag Witze reißen und Bier trinken. Ich mag die beiden.
Als eine Frau mit einer lausigen Dreadlock-Frisur reinkommt und dabei die wackelige Bank ein bisschen

zu ruppig gegen die Topfpflanze stößt, schimpft der eine Chef in sehr ernstem Ton mit ihr. Sie solle bitte seine Blume nicht kaputt machen. Auch die Bank wieder ordentlich hinstellen. Bitte. So.

»Gleich morgen früh lasse ich Caltzo und Rubsch ins Präsidium bringen«, sagt der Calabretta. »Hab ich schon veranlasst. Wollen wir doch mal sehen, ob die kurz nach dem Aufstehen auch so abgeklärt sind wie am Nachmittag.«

»Ist'n Versuch wert«, sagt der Faller. »So was kann funktionieren.«

»Vielleicht kriegen wir so zumindest raus, wer deren Verbindungsmann nach draußen ist«, sage ich. Nach allem, was der Faller rausgefunden hat, ist uns inzwischen völlig klar, dass Amy telefonisch über Rubschs Gequatsche vom Hausboot informiert worden ist und sich dann auf die Socken nach Hamburg gemacht hat. Um zu verhindern, dass wir auf der Barkasse was Entscheidendes finden. Hat ja leider auch geklappt.

Ich nehme einen Schluck von meiner Cola und befühle die riesige Beule an meinem Hinterkopf. Ich wüsste gerne, womit die mich so umgedonnert hat.

»Tut's noch sehr weh?«, fragt der Calabretta.

Ach. Da hab ich woanders echt schlimmere Blessuren.

»Nö«, sage ich, »alles okay.«

Unser Essen kommt. Der Faller lehnt sich gemütlich an die Wand und inspiziert seinen Dürüm Döner.

»Mh«, sagt er. »Avocadosauce.«

Wie der Calabretta immer sagt: Wenn du schlechte Laune hast, musst du was essen gehen.

DAS GROSSE ZEUGENSTERBEN

★ ★ ★

Es ist kurz nach sieben, der Calabretta und ich stehen im Nebel. Die Karolinenstraße ist abgesperrt. Das Blaulicht von Krankenwagen, Feuerwehr und Polizeistreife erhellt das weiße Messegebäude auf der einen und die roten Backsteinbauten auf der anderen Straßenseite. Am Krankenwagen geht das Blaulicht jetzt aus. Sie ziehen wieder ab. Die Feuerwehr hat den brennenden Streifenwagen zwar löschen können, aber von dem Mercedes Kombi ist nur noch ein verkohltes Wrack übrig geblieben. Jetzt holen sie die Leichen raus. Caltzo, Rubsch, zwei Kollegen von der Streife und einen Justizbeamten.

»Mein Gott«, sage ich.

Der Calabretta sagt nichts, er kämpft gegen seine Wut und seine Tränen. Die beiden Streifenpolizisten waren jung, einer war gerade Vater geworden. Vor ungefähr einer halben Stunde muss eine Art Panzer erst in den dunklen Mercedes und dann in den Streifenwagen gerauscht sein. Alle Insassen waren vermutlich sofort tot. Zack, vorbei. Der Calabretta wischt sich übers Gesicht. Seine Augen sind müde und rot. Einer der uniformierten Kollegen, die zuerst am Unfallort waren, kommt zu uns rüber. Richtig gut geht's dem auch nicht. Alle wissen, dass die Streifenpolizisten am gefährlichsten leben. Die wissen nie, wo sie reingeraten. Die arbeiten an der Front.

»Keine Spur vom Unfallverursacher«, sagt er, und der Calabretta nickt. »Fahndung läuft weiträumig, aber bisher haben wir nichts.«

Da kommt auch nichts mehr, denke ich. Das waren Profis. So was passiert nicht aus Versehen.

»Hat niemand was gesehen?«, frage ich den Kollegen.

»Um die Uhrzeit ist hier noch niemand unterwegs«, sagt er. »Die Werbeagenturen haben noch zu, und der Rest vom Karoviertel erwacht ja sowieso erst gegen elf.«

Der Kessler und seine Leute packen ihre Sachen aus und tasten sich vorsichtig an den dampfenden Schrott ran. Wir wissen alle, dass sie nichts Verwertbares mehr finden werden. Links neben uns, gleich an der Straßensperre, hält der Leichenwagen. Sie kommen mit Särgen und Säcken.

Irgendjemand wollte nicht, dass Caltzo und Rubsch im Präsidium ankommen, die sollten das Maul nicht mehr aufmachen. Und dieser Jemand hat wohl beste Verbindungen zu einem sehr offenen Ohr in der JVA. Und zu Amy Tucker.

Es ist schon ein Unterschied, ob man nur ahnt, dass

eine Sache sehr eklig sein könnte, oder ob sie sich langsam wirklich als supereklig entpuppt.

»Irgendwas ist hier ganz, ganz böse«, sage ich.

Der Calabretta zieht die Nase hoch. Das kommt hin und wieder schon mal vor, dass mein italienischer Kollege vor Wut fast weint. Also nicht wirklich weinen. Es ist mehr so eine Aufwallung der Schleimhäute.

»Sind die Familien der beiden toten Kollegen schon informiert?«, frage ich.

»Es ist jemand unterwegs«, sagt der Streifenbeamte.

»Und der Mann aus der JVA, der Caltzo und Rubsch begleiten sollte?«, frage ich.

»Wir wissen noch nicht, wer das war.«

Der Polizist geht zurück zu seinem Wagen. Es wird langsam ein bisschen heller.

»Wo ist der Knackpunkt?«, frage ich, mehr mich selbst und den Moment, in dem wir an diesem schrecklichen Ort stehen, als den Calabretta.

»Ich weiß es nicht«, sagt er und schüttelt den Kopf, »ich weiß es nicht. Ich mache mich demnächst auf den Weg zum Holstenglacis und knöpfe mir jeden Schließer, jeden Beamten, der mit Caltzo und Rubsch zu tun hatte, einzeln vor. Irgendwo ist da eine undichte Stelle. Und den Inceman schicken wir zur Baubehörde, gleich heute Morgen. Der soll denen jetzt mal richtig auf die Nerven gehen.«

»Der Faller wollte noch mal zusammentragen, was wir über die Dänen wissen«, sage ich. »Er kommt um elf in die Staatsanwaltschaft. Da machen wir eine

Wand mit allem, was wir haben. Und dann kucken wir uns an, wo genau die Löcher in unserem Puzzle sind.«

»In Ordnung«, sagt der Calabretta. »Ich komme dann dahin, wenn ich im Knast durch bin.«

☆

Da hängt es schwarz auf weiß, auf vielen kleinen Zetteln an einer großen Pinnwand hinter meinem Schreibtisch: Der Firma ToftingInvest ist absolut nichts nachzuweisen. Die tragen eine schöne weiße Weste zur Schau. Okay, es ist eher eine von der Marke, wie sie auch Typen wie Dick Cheney tragen, aber sie ist weiß. Da hätten uns wahrscheinlich auch die dänischen Kollegen nicht weiterhelfen können. An der Wand gibt es außerdem noch eine Amy-Tucker-Insel, eine Caltzo-und-Rubsch-Insel, eine Baubehörden-Insel. Aber da sind keine wirklichen Brücken zwischen den Inseln. Nichts Stabiles. Wir können nur spekulieren.

»Ich bin mal eben am Kaffeeautomaten«, sagt der Faller.

Er ist völlig frustriert.

»Bringen Sie mir einen mit?«

Nicht, dass ich nicht frustriert wäre.

»Naturalmente, mein Mädchen.«

Der Faller ist gerade eine Minute draußen, da kommt der Calabretta rein.

»Hey«, sage ich und reibe mir das Gesicht.

»Hey«, sagt er und schaut auf die Pinnwand. »Sieht ja super aus. Vor allem für ToftingInvest.«
»Sehen Sie richtig«, sage ich. »Wir haben nichts. Wie war's im Knast?«
»Es wird um uns herum immer dunkler, Chastity«, sagt er. »Ich will nicht behaupten, dass ich langsam Angst kriege, aber gut geht's mir nicht mehr.«
Er geht zum Fenster, kippt es und zündet sich eine Zigarette an.
»Ich war gerade so mit der Hälfte der in Frage kommenden Schließer durch, als mich der Chef der JVA in sein Büro gerufen hat. Der Mann, der für Rubsch zuständig war, der, der ihn neulich zu uns in den Vernehmungsraum gebracht und mit ziemlicher Sicherheit vor der Tür gewartet hat, der Einzige also, der eventuell mitgehört haben könnte, was Rubsch uns zu sagen hatte ... dieser Mann saß heute Morgen mit im Auto.«
»Donnerwetter«, sage ich. »Das nenne ich mal ein lupenreines Zeugensterben.«
»Mitwisser beseitigen«, sagt der Calabretta, »ganz konsequent.«
»Am Ende ist Amy Tucker gar nicht vor uns nach Honduras geflohen«, sage ich, »sondern vor jemandem, der viel gefährlicher ist.«
Der Faller kommt mit drei Bechern dampfendem Kaffee zurück.
»Wusste ich doch, dass Sie inzwischen da sind, mein Freund«, sagt er zum Calabretta. »Was gibt's bei Ihnen Neues?«

Der Calabretta raucht und sagt: »Nichts Gutes.«
»Die Leute, die wir suchen, machen alles richtig«, sage ich.
Ich erzähle dem Faller, was passiert ist, weil der Calabretta ans Telefon muss. Aber dann höre ich irgendwann auf zu reden, weil ich sehe, wie sich das Gesicht unseres italienischen Freundes immer mehr verfinstert. Er sagt nichts, hört nur zu, seine Lippen werden immer schmaler. Am Ende sagt er »okay« und »danke, Kollege«, und dann legt er auf und fängt an zu lachen. Er lacht, bis ihm die Tränen kommen.
»Jetzt sagen Sie schon«, sage ich.
Er kichert noch ein bisschen irre vor sich hin, dann sagt er: »Da hätte ich auch in Italien bei der Anti-Mafia-Einheit anheuern können.«
Er wischt sich die Augen ab.
»Da geht das auch nicht anders zu.«
Er schüttelt den Kopf.
»Und ich Idiot hab immer geglaubt, dass es hier besser ist.«
»Was ist los?«, fragt der Faller.
»Der Herr Senatsdirektor Oenninger ist still und heimlich ersetzt worden«, sagt der Calabretta, »und zwar wohl schon am Freitag. Das Büro ist ausgeräumt, sein Stellvertreter hat sein Amt übernommen. Wo Oenninger steckt, weiß keiner. Der Inceman ist direkt nach Groß Flottbek gefahren und hat nachgesehen, was mit Oenningers Villa ist. Rollläden runter, Blumenkübel reingeräumt, beide Autos weg.«
»Der ist untergetaucht?«, frage ich.

»Vermutlich eher untergetaucht worden«, sagt der Faller, »mit einem dicken Koffer Aufwandsentschädigung.«
»Wer zur Hölle zieht da eigentlich die Strippen?«, frage ich.
»Der Teufel persönlich«, sagt der Calabretta.
Ich halte das für übertrieben. Aber als Neapolitaner darf er solche Vermutungen natürlich anstellen.
Wir setzen uns alle an meinen Schreibtisch, jeder an eine Ecke. Wir rühren Milch und Zucker in unsere Kaffees. Wir wissen, dass wir hier alleine nicht mehr weiterkommen.
Es hat sich ein schwarzes Loch aufgetan, und das Zentrum klafft mitten in der Hamburger Baubehörde. Der Mord an Walt und Lorraine Tucker spielt angesichts des Durchmessers, den dieses Loch inzwischen hat, keine große Rolle mehr.
»Seid ihr bereit, am großen Rad zu drehen?«, frage ich.
»Perché no«, sagt der Calabretta. »Warum nicht?«
»Ich bin raus«, sagt der Faller.
»'tschuldigung«, sage ich. »Hatte ich für einen Moment vergessen.«
Wir trinken unseren Kaffee aus.
Der Calabretta fährt ins Präsidium.
Der Faller fährt nach Hause. Er sagt, wenn ich Hilfe brauche, soll ich ihn anrufen. Und wenn nicht, auch.
Ich klemme mich ans Telefon und versuche, noch für heute Nachmittag einen Termin bei unserem Oberstaatsanwalt zu kriegen.

THE LAST DISKOKUGEL

☆ ☆ ☆

Frau Riley.«

Der Oberstaatsanwalt schaut mich an, als wäre ich nicht ganz dicht. Er hat mich in sein Büro zitiert. Ich mag dieses Büro nicht. Die Möbel aus schwarzem Holz und Chrom. Die seelenlosen Kunstdrucke an den Wänden. Und die schweren grünen Vorhänge, die immer zugezogen sind. Ich hab in diesem Raum noch nie ein Fenster gesehen. Das Büro des Oberstaatsanwalts macht jedem, der hier auf der falschen Seite des Schreibtischs sitzt, eindeutig klar, wie die Machtverhältnisse in unserem Laden sind. Und dass daran nicht zu rütteln ist.

Normalerweise halte ich mich aus dem Büro des Oberstaatsanwalts fern. Jetzt weiß ich auch wieder genau, warum.

»Ach, Frau Riley.«

Er lächelt und schüttelt den Kopf. Es ist kein freundliches Lächeln.

»Das hat sich alles aufgeklärt.«

»Was hat sich aufgeklärt?«, frage ich.
»Diese fixe Idee von Ihnen und dem Kommissar Calabretta, diese Immobiliengeschichte«, sagt er.
»Ich verstehe nicht …«
»Das war ein riesengroßes Missverständnis«, sagt er. Er hat die Arme auf seinem Schreibtisch abgelegt und die Hände verschränkt. Sein braunes Haar wird langsam dünn, aber noch liegt es pfiffig nach links gescheitelt auf seinem Kopf. Der graue Anzug sitzt tadellos. Das Juristengesicht auch. Manchmal denke ich, der Oberstaatsanwalt ist schon als Jurist geboren worden. Der hat einfach das Gesicht dazu: glatt, kantig, undurchsichtig. Unsympathisch.
»Ein Missverständnis?«
»Jaja«, sagt er und wirkt äußerst zufrieden. »Das hörte sich ja schon komisch an, was Sie mir da erzählt haben, und dann hab ich mich gleich gestern Abend darum gekümmert und mit ein paar Leuten gesprochen.«
»Mit welchen Leuten?«
»Freunden von mir, Frau Riley. Wie Sie sicher wissen, verfüge ich über beste Kontakte ins Rathaus.«
Er lehnt sich zurück und verschränkt seine Hände vorm Bauch.
»Und?«
Ich merke, dass es anfängt, in mir zu kochen. Ich weiß, dass ich mich zusammenreißen muss.
»Ach«, sagt er, »es wird natürlich eine Menge getratscht, Sie wissen schon, gibt ja immer welche, die sich nicht genügend gewürdigt fühlen, und die fangen dann schon mal an, was vom Pferd zu erzählen.«

»Aha.«
Er kommt jetzt richtig in Fahrt.
»Wie dem auch sei, man hat mir versichert, dass ToftingInvest nicht ein einziges Mal bevorzugt behandelt worden ist. Und dass das auch in Zukunft nicht passieren wird.«
»Und das glauben Sie?«
»Frau Riley, ich sagte Ihnen doch: Man hat es mir versich-ert.«
Ich fahre mir mit den Händen übers Gesicht. Das ist doch jetzt nicht wahr, was hier gerade passiert.
»Und was ist mit Senatsdirektor Oenninger? Der ist wahrscheinlich nur auf Kur, oder?«
Der Oberstaatsanwalt registriert meinen Ton und dreht sein aufgesetztes Lächeln ein Stück zurück. Dann macht er auf betroffen.
»Ach, der Arme.«
Er sieht mich komplizenhaft an.
»Er hat Probleme mit der Prostata, das aber im Vertrauen, Frau Riley.«
Die Prostata, verstehe.
»Ja, der wollte sich schon ganz lange zurückziehen. Und jetzt musste er sich dann doch dringend in Behandlung begeben.«
»Wissen Sie vielleicht, wo er sich behandeln lässt?«, frage ich. »Im Vertrauen, natürlich.«
Ich kann ein zähes Biest sein, wenn ich will.
Und der Oberstaatsanwalt hat keinen Bock mehr auf unser Theater.
»Das geht Sie nichts an«, sagt er. Er rollt seinen Stuhl

wieder ein Stück nach vorne, stützt die Ellbogen auf dem Schreibtisch auf und sein Kinn auf seinen gefalteten Händen und sagt leise, aber unmissverständlich:

»Wir schließen die Akte, Frau Riley. Keine weiteren Ermittlungen.«

»Das können Sie nicht machen«, sage ich.

»Das können wir«, sagt er.

In meinem Bauch liegt etwas, das ist schwer wie Blei und scharf wie Glas. Fühlt sich an wie eine Splitterbombe kurz vor der Explosion.

»Es geht um zweifachen Mord«, sage ich, »und gestern Morgen sind noch mal fünf Menschen gestorben, darunter zwei junge Polisten.«

»Gegen Amelia Tucker läuft ein internationaler Haftbefehl wegen Dokumentenfälschung.«

Ich muss lachen, als er das sagt.

»Mehr haben wir nicht in der Hand, Frau Riley.«

Ein internationaler Haftbefehl ist ja eine super Sache. Klar. Vor allem, wenn jemand in einer südamerikanischen Millionenstadt untergetaucht ist. Total super, so ein internationaler Haftbefehl.

Ich stehe auf, ich muss hier raus, sonst bin ich meinen Job los. Aber wie die Dinge im Moment liegen, wäre das ja vielleicht sowieso besser.

Als ich an der Tür bin, drehe ich mich noch mal um.

»Ja«, sage ich, »dann ist ja alles wunderbar. Von der honduranischen Polizei habe ich bisher auch nur Gutes gehört.«

Er sieht mich an, als wolle er mich mit seinem Blick schlachten.

»Ich erwarte, dass Sie sich an unsere Absprache halten, Frau Riley.«
Unsere Absprache. So ein Bullshit. Ich könnte ihn umbringen.

☆

Ich bin so sauer, ich muss im Rinnstein spazieren gehen und Steine kicken, sonst hau ich dem nächstbesten Idioten eine rein. Ich pflüge mit meinen Stiefelspitzen die alten Pfützen, zünde mir eine Zigarette an, und dann biege ich von der Straße ab und laufe über den matschigen Grünstreifen, der zum Bismarckdenkmal führt.
Manche Leute behaupten, das hier wäre ein Park.
Ich lehne mich an den schweren grauen Sockel des Denkmals, rauche noch eine Zigarette und versuche, ein bisschen runterzukommen. Was soll ich mich noch aufregen. Das Thema ist wohl durch.
Der Calabretta müsste gleich hier sein. Ich hab ihn nach meinem Gespräch mit dem Oberstaatsanwalt angerufen und hierherbestellt.
Irgendwie hatte ich das Gefühl, dass es besser ist, wenn wir über unseren Fall nicht mehr am Telefon reden. Ich trau denen inzwischen echt alles zu, wer immer die sind.
Vorsichtshalber zünde ich mir gleich noch eine Zigarette an. Um den Verschwörungstheorien, die sich

langsam in meinem Hirn zusammenbrauen, ein bisschen echten Dunst entgegenzusetzen.
Zusammen mit dem Calabretta kommt eine dunkle Wolke hier an, die sich direkt über dem Kopf vom Eisernen Kanzler und damit auch über unseren Köpfen festsetzt.
Der Calabretta sieht müde aus, und er ist mindestens genauso sauer wie ich.
Er brummt nur kurz zur Begrüßung, dann stellt er sich neben mich, lehnt sich auch an den alten Betonbismarck. Und steckt sich auch sofort eine Zigarette in den Mund. Ich kucke ihn von der Seite an. Der hatte wohl einen ähnlich bösen Vormittag wie ich. Fast möchte ich's gar nicht wissen.
»Wer fängt an?«, fragt er.
»Der Oberstaatsanwalt will, dass wir die Ermittlungen einstellen«, sage ich.
»Schön«, sagt der Calabretta. »Mich hat eben jemand angerufen, der seinen Namen nicht gesagt hat.«
»Was wollte der?«
»Er wollte über das reden, was damals passiert ist, als der Faller auf dem Kiez durchgedreht ist.«
Bumm. Mir werden auf der Stelle die Knie weich.
»Und? Was haben Sie gesagt?«
Der Calabretta weiß nur so halb, was damals wirklich passiert ist. Er weiß gerade so viel, wie er wissen muss, damit wir den Faller schützen können.
»Ich habe gesagt, dass ich nicht darüber reden will. Da hat er gesagt, dass er dann wohl mit jemand anders darüber reden muss.«

»Das darf nicht passieren, Calabretta«, sage ich.
Der Faller ist sonst nicht nur seine Pension, sondern vielleicht auch noch seine Freiheit los.
»Es wird nicht passieren, wenn wir die Akte Tucker schließen. Wenn wir's jetzt gut sein lassen, wie er sich ausgedrückt hat.«
Der Calabretta redet leise, gepresst. Als müsste er jedes einzelne Wort rausdrücken.
Ich lehne mich an ihn, und er lehnt sich zurück, und wir machen den Mund auf beim Rauchen und lassen mit dem Rauch auch die nasse Luft in unsere Lungen. Wir wissen beide, dass die Sache mit dem Faller ein unschlagbares Argument ist. Wo immer die das auch herhaben. Ich dachte, nur ich wüsste, was genau passiert ist. Aber da hab ich mich wohl getäuscht. Na ja. Wir waren ja auch nicht alleine an dem Abend.
Ich schätze, wir sind am Ende.
Ich weiß das, und der Calabretta weiß das auch. Wir schmeißen unsere Zigarettenstummel ins nasse Gras, der Calabretta tritt sie tot.
»Und was machen wir jetzt?«, frage ich.
»Jetzt«, sagt der Calabretta, »machen wir's wie die Polizei in Neapel: Wir gehen erst mal einen Kaffee trinken.«

☆

Nach dem Kaffee haben der Calabretta und ich ein Bier getrunken. Dann noch eins und dann noch eins. Dann sind wir zum Hafen gegangen und haben unseren Frust in Fischbrötchen und Currywurst ertränkt. Jetzt sitzen wir bei Klatsche und Rocco Malutki in der *Blauen Nacht* und schütten weiter nach, damit der Frust nicht mal dran denken kann, noch mal Luft zu holen. Die gemütlichen Astrabierknöllchen fliegen geradezu übern Tresen. Sie wissen, dass sie bei uns in guten Händen sind. Carla sitzt zwischen mir und dem Calabretta. Es ist schön, mal wieder so dicht neben ihr zu sitzen. Sie ist älter geworden in der letzten Woche, aber ich glaube, sie hat's ganz gut weggesteckt.
Sie will ja nicht drüber reden.
Sie will's vergessen.
Wir trinken Bier und rauchen Zigaretten. Wir reden nicht viel. Rocco macht in unserem Rücken Klarschiff im Laden, es ist erst halb acht, die Meute kommt immer so gegen neun, bis dahin muss alles gut und hübsch und sicher stehen.
»Das ist wie auf einer alten Fregatte hier«, sagt er. »Wenn du aufhörst, sie zu polieren, fällt sie auseinander.«
Klatsche steht hinter der Theke und poliert Gläser. Er leuchtet. Ich kann ihm ansehen, wie gut ihm das gefällt, Gastronom zu sein.
»Und Ihren Schlüsseldienst haben Sie jetzt aufgegeben?«, fragt der Calabretta zwischen zwei Astra.
Wie süß. Der will Konversation machen. Ich weiß, dass ihn Klatsches beruflicher Werdegang einen feuch-

ten Dreck interessiert, und im Moment sowieso. Der Calabretta ist einfach echt ein netter Kerl.

»Läuft so nebenher«, sagt Klatsche. »Aber der Spaß wohnt zurzeit definitiv hier.«

Er zwinkert mir zu, dreht sich um und stellt die polierten Gläser ins Regal.

Ich drücke mich ein bisschen an Carla ran. Sie nimmt ihre Bierflasche, stupst sie an meine, trinkt und legt mir den Arm um die Schulter. Ach ja. Internationales Tresensitzen. Ist doch schön. Aus der Jukebox jodelt *Joleen* von Dolly Parton.

Und dann kommt der Faller.

»Was das denn für'n Gejaule«, sagt er und baut sich gleich mal neben der Jukebox auf.

»Sentimentale Countrymusik«, sage ich, »genau richtig für uns.«

»Blödsinn«, sagt er, »wir brauchen was Optimistisches.«

Er wirft Geld in die Box, drückt ein paar Knöpfe, und schon singt Telly Savalas eine Schnulze. Wenn der Faller das neuerdings für optimistisch hält, dann will ich aber nicht wissen, was er hört, wenn er traurig ist.

»Schicker Laden«, sagt er zu Klatsche und klopft mit der Faust auf die alte, glattpolierte Theke. »Respekt.«

»Danke, Meister«, sagt Klatsche. »Apfelsaft gefällig?«

»Sehr gerne«, sagt der Faller.

Er hievt sich auf den Barhocker neben dem Calabretta und kuckt uns an. Der Calabretta weiß genauso wenig wie ich, wo wir anfangen sollen. Von dem bösen An-

ruf, den der Calabretta bekommen hat, erzählen wir dem Faller schon mal nicht, so viel ist klar.
Den Rest müssen wir ihm irgendwie sagen, er sitzt ja schließlich mit im Boot. Aber wir wissen beide, dass den Faller hinterfotzige Machenschaften in seiner Stadt sehr treffen. Wenn der auf was gar nicht kann, dann auf so was.
»Wo sind denn die Kollegen Brückner und Schulle?«, fragt der Faller. »Ich dachte, ich seh euch heute alle ...«
»Die haben die Schweinegrippe und fallen noch mindestens eine Woche aus«, sagt der Calabretta.
Ich kriege einen sehr amtlichen Hustenanfall und halte mir den Arm vors Gesicht.
»Das ist aber auch ein hartes Lazarett hier«, sagt der Faller. »Und wenn Sie jetzt nicht endlich zum Arzt gehen, Chastity, dann packe ich Sie demnächst an Ihren dicken amerikanischen Haaren und schleife Sie da höchstpersönlich hin.«
Jaja.
»Mir geht's gut«, sage ich.
»Das hört man«, sagt der Calabretta.
Und Carla sagt:
»Ich kann gerne mitkommen zum Arzt, wenn du Angst hast.«
»Ich hab keine Angst«, sage ich, »mir geht's gut. Lasst mich in Ruhe. Punkt.«
Der Faller nimmt einen Schluck Apfelsaft, wir anderen nehmen einen Schluck Bier. Klatsche poliert. Telly Savalas singt davon, dass man der Liebe nicht die kalte Schulter zeigen darf.

»Und, mein Mädchen«, sagt der Faller, »was sagt der Oberchef?«
»Der Oberchef sagt, dass alles nur ein Missverständnis ist und wir die Ermittlungen einstellen.«
So. Bitte schön. Geht doch. Man kann so was einfach sagen. Und das Zwicken im Kopf wird auch irgendwann nachlassen.
»Wie bitte?« Der Faller kuckt mich an, als hätte ich Ernie und Bert auf dem Kopf sitzen.
»Akte schließen«, sagt der Calabretta.
»Sackzement«, sagt der Faller. Ich kann auch im schummrigen Licht der *Blauen Nacht* sehen, wie er kalkig wird im Gesicht, um die Nase herum wird er richtig weiß. Die Ader an seiner Schläfe fängt an zu puckern. Er reißt sich zusammen. Er sieht aus wie eine dieser Comicfiguren, kurz bevor sie platzen. Er platzt nicht. Er hat über die Jahrzehnte gelernt, wie man das macht, nicht platzen. Er sagt nur ein Wort:
»Wichser.«
Dann atmet er tief ein, trinkt seinen Apfelsaft auf ex, sagt »noch einen« und zündet sich eine Zigarette an.
In den Gesichtern der anderen schwingt eine Mischung aus Zurückhaltung und Bedauern. Sie wissen, dass hier irgendwas gründlich beschissen läuft. Und sie wissen, dass sie sich besser raushalten.
»Ich weiß nicht, wie's euch geht«, sagt der Calabretta irgendwann, »aber ich hätte große Lust, alle kleinen Gangster, die in dieser Stadt in den letzten Jahren eingelocht worden sind, aus den Knästen zu holen. Nur um der Gerechtigkeit willen.«

»Ich kann gerne eine Liste fertigmachen«, sagt Rocco, und wenigstens der Calabretta muss mal kurz lachen, auch wenn Rocco das sehr ernst gemeint hat.
»Ach du grüne Neune«, flüstert Klatsche und kuckt zur Tür, »was will der denn hier?«
Wir drehen uns alle um, und ich brauche einen Augenblick, bis mir einfällt, wer der halbe Hahn ist, der eben zur Tür reinkam. Das ist dieser blöde Reporter. Jung, unhöflich, nervtötend. Der hat mich tatsächlich schon mal von der Seite angemacht, dass er »jederzeit öffentlich machen kann«, dass ich mich mit einem »Halbweltcasanova« eingelassen hätte. Einfach so hat der das zu mir gesagt, im Vorübergehen. Ich habe ihm dann gesagt, er soll mal nicht so angeben. Unangenehmer Typ. Aber: in seinem Job eine glatte Eins. Der ist ein echt harter Hund. Wenn der einmal Blut gerochen hat, gibt er nicht auf, bevor seine Beute zappelt. Solche gibt's nicht mehr oft.
Der Faller kennt ihn auch noch. Die beiden sind ein paarmal aneinandergerasselt, als der Faller noch bei der Kripo war und seine Informationen nicht rausrücken wollte.
»'n Abend«, sagt der Reporter.
»'n Abend«, sagt Klatsche. Rocco wischt die Fensterbänke und kuckt finster. Er ist einer von den Typen, die immer sofort riechen, wenn jemand gefährlich ist.
Der Faller räuspert sich, steht auf und geht aufs Klo.
Der Reporter setzt sich an einen der Ecktische am anderen Ende der Bar.

»Ein Bier, bitte«, sagt er.
»Jo, kommt sofort«, sagt Klatsche und holt ein Astra aus dem Kühlschrank.
Der Reporter kuckt mich an. Ich hab keine Ahnung, was der hier will. Was der vorhat. Er sieht aus, als wolle er stänkern.
Der Faller kommt vom Klo und steuert nicht auf seinen Platz an der Theke zu, sondern auf den Ecktisch, an dem der Reporter sitzt. Ach so. Ich schnalle, was der Faller vorhat. Und ich ahne inzwischen auch, was der Reporter hier macht: Den hat der Himmel geschickt.
Der Faller pflanzt sich unerhört dicht neben das schmächtige Männlein. Das wirklich völlig schmerzfrei ist und keinen Millimeter abrückt.
»Mensch«, sagt der Faller, »lange nicht gesehen.«
»Hab ich Ihnen gefehlt?«
»Nein«, sagt der Faller, »so weit will ich nicht gehen.« Er zündet sich eine Zigarette an. »Aber du warst keine Sekunde zu lange weg.«
Der Reporter nickt bedächtig mit seinem knochigen Kopf, und er sieht aus wie ein auf Zeitlupe gestelltes Wiesel.
»Dann lassen Sie mal hören«, sagt er.
Der Faller kuckt zu uns und wischt einmal mit der Hand durch die Luft. Als würde er uns wegwischen. Und dem Reporter signalisieren: Die sind ja gar nicht da.
Und dann sagt er leise, aber so, dass ich es gerade noch hören kann:

»Pass mal auf, Freundchen. Ich hab da vielleicht eine Geschichte für dich.«
Wir drehen uns allesamt wieder zur Theke um und tun so, als wären wir nicht da.

☆

Es ist Nacht auf Sankt Pauli. Ich lasse mich von den Lichtern nach Hause bringen. Vorhin, als wir alle noch bei Klatsche und Rocco an den Bierflaschen saßen, hat es angefangen zu schneien, jetzt ist der erste richtige Schnee dieser Saison da. Dicke Flocken fallen vom Himmel, aus undurchdringlichen Wolken, die den Schein der Stadt zurück in die Straßen werfen. Alles schimmert in einem kühlen Orange. Ich bleibe stehen, schaue nach oben und muss lächeln. Da hat doch tatsächlich jemand eine Diskokugel aufgehängt. An einer sehr hohen Straßenlaterne, gleich neben der Davidwache. Eine winzige, glitzernde Kugel. Baumelt da rum und schickt Blitze in die Kieznacht.
Solange es in dieser Stadt Leute gibt, die solche Aktionen machen, ist nicht alles schlecht.
»Hey.«
Ich hab ihn gar nicht kommen sehen. Er steht ganz dicht vor mir. Auf seinen langen Wimpern bleiben die Schneeflocken liegen. Er hebt seine Hand und streicht mir ganz leicht über die Wange. Er sieht mich lange an. Und diesmal lass ich ihn.

»Nimm's mir nicht übel, okay?«

Ich nehm's dir nicht übel. Nimm's du mir auch nicht übel.

»Hast du Angst vor mir? Oder warum lässt du dich nicht mehr im Präsidium blicken?«

»Ich hab keine Angst vor dir«, sage ich.

Ich hab Angst vor dem, was aus uns werden könnte, wenn ich uns von der Leine lasse.

»Ich bin auch gar nicht gefährlich«, sagt er.

Du bist saugefährlich. Aber das geht dich nichts an.

»Wo willst du hin?«

»Nach Hause«, sage ich.

»Sicher?«

»Sicher.«

Er kuckt mich wieder an, das ist ein Blick, so warm, der könnte die Wolken dazu bringen, mit dem Schnee aufzuhören.

Dann tritt er einen Schritt zur Seite, verbeugt sich und lässt mich vorbei.

Als ich an der Reeperbahn bin, drehe ich mich noch mal um, ich will noch was sagen, plötzlich ist mir nach Reden, aber der Inceman ist schon weg.

Ich stecke meine Hände in meine Manteltaschen.

Es wird Winter.

DANKSAGUNG

Danke an die üblichen Verdächtigen:
Werner Löcher-Lawrence, der stur an mich glaubt.
Carolin Graehl, die wirklich überhaupt nie aus der Ruhe und Fröhlichkeit zu bringen ist (und das tut sehr gut).
Moni Neudeck und Noomi Rohrbach, die sich immer so lustig ins Zeug legen.
Romy und Wilhelm, für alles.
Domenico und Rocco, in Liebe.

»**Diese Krimis haben Herz und Schnauze.**« *Petra*

SIMONE BUCHHOLZ

Knastpralinen

EIN HAMBURG-KRIMI

Es ist Sommer in Hamburg, Sankt Pauli leuchtet warm – bis plötzlich auffällig viele Männerfüße in der Elbe schwimmen. Staatsanwältin Chas Riley stellt fest, dass die Toten von keinem vermisst werden, und das mit gutem Grund. Bald fragt sie sich, ob sie der Welt einen Gefallen tut, wenn sie diesen Täter dingfest macht …

»Chas braucht steife Getränke, Mut und viele Zigaretten, um hier aufzuklären – wieder ein gelungener St.-Pauli-Krimi!« *Hellmuth Karasek*

Knaur Taschenbuch Verlag